괜찮아,
나도 오늘은
처음이야

괜찮아,
나도 오늘은
처음이야

초판 1쇄 인쇄 _ 2019년 12월 20일
초판 1쇄 발행 _ 2019년 12월 25일

지은이 _ 윤효식

펴낸곳 _ 바이북스
펴낸이 _ 윤옥초
책임 편집 _ 김태윤
책임 디자인 _ 이민영

ISBN _ 979-11-5877-147-8 03810

등록 _ 2005. 7. 12 | 제 313-2005-000148호

서울시 영등포구 선유로49길 23 아이에스비즈타워2차 1005호
편집 02)333-0812 | **마케팅** 02)333-9918 | **팩스** 02)333-9960
이메일 postmaster@bybooks.co.kr
홈페이지 www.bybooks.co.kr

책값은 뒤표지에 있습니다.

책으로 아름다운 세상을 만듭니다. — 바이북스

괜찮아,
나도 오늘은
처음이야

윤효식 지음

바이북스
ByBooks

초등학교 때 어머님께서 밭농사일을 마치고 집에 돌아오면 늦은 저녁식사를 했었습니다. 그렇게 힘겨웠던 하루를 마치며 저에게 자주 하시던 말씀이 있습니다.

"막내야. 너는 돈 많이 벌어서 고생하지 말고 꼭 행복하게 살아라."

그저 어린 시절 들었던 행복하게 살아야 한다는 말이 무엇을 해야 행복인지, 어떤 방향으로 가야 행복인지, 알지 못했습니다. 그렇게 방향성을 잃은 채 행복을 향한 맹목적인 삶을 살아 왔습니다. 시간이 흐르고 어른이 되어 갈수록 스스로에게 질문을 던졌습니다. 도대체 어떻게 사는 것이 행복한 것일까? 항상 의문이었습니다. 해답은 찾을 수 없었고 어떤 시험 문제보다도 어렵고 풀기엔 힘이 들었습니다.

10년 전 30대 초반에 남들이 부러워하는 잘 다니던 직장을 호기롭게 그만두었습니다. 그리고 보란 듯이 사직서를 던졌습니다. 환호성을 지르며 회사 정문을 뛰쳐나왔습니다. 회사 정문을 뒤돌아보며 훗날 고급 승용차에 멋진 슈트를 입고 다시 돌아올 것을 다짐했었습니다. 그때는 미소가 저절로 나왔습니다. 마음속으로는 이런 꿈을 이루고 반듯이 성공해서 그들 앞에 다시 서고 싶었습니다. 그날의 다짐을 잊지 않기 위해 출근길을 나서며 낯선 서울 하늘을 보고 수없이 외쳤습니다.

"나는 성공할 거야."

아무도 듣지 않았고 응원해 주는 이도 없었지만 기세등등했습니다.

왜냐하면? 지금껏 단 한 번도 실패해 본 적이 없었으니까요. 그렇기에 무엇이든 하면 다 잘 될 줄만 알았습니다. 즉시 실행에 옮겼습니다. 늘 자신감에 가득 차 있었기에 아내와 상의 없이 전 재산을 털어 사업에 뛰어들었습니다. 이왕 하는 거 크게 해보자는 욕심에 겁 없이 은행에 큰 빚도 만들었습니다.

"이제 모든 준비는 끝났다. 달리기만 하면 되는 거야."

이른 아침 눈만 뜨면 기대에 가득 찼었습니다.

'오늘은 대박이 날 거야. 아니야. 오늘은 부족했지만 내일은 반드시 빅뉴스가 있을 거야.'

그렇게 성공이란 단어를 기다리며 스스로를 다독여 주었습니다.

그러나 처음으로 겪어본 인생의 쓴맛은 결코 만만치 않은 세상임을 제대로 배우게 했습니다. 호기롭게 사업을 시작한 지 1년도 되지 않은 상황에서 모든 결판이 나고 말았습니다. 저의 의지와는 전혀 상관없이 찾아온 실패. 한 치 앞도 보이지 않는 낭떠러지로 떨어졌습니다. 숨이 막힌다는 게 어떤 건지 조금은 알 수 있었습니다. 예전에 주위 사람들이 사업에 실패하거나 금전적인 일로 힘들어할 때 면 당시 너무도 쉽게 한마디 했습니다.

"친구야. 힘내."

그 말이 얼마나 어리석고 타인에게 도움이 되지 않은 말임을 알게 했습니다. 청춘이니까 실패해도 된다는 말은 거짓말이었습니다. 실패 뒤에 따라오는 고통이 얼마나 큰지 알지 못했습니다.

하루하루가 숨이 막혔습니다. 그리고 어떻게 살아가야 할지 방향성이 확실하지 않은 채 살아온 날들이 저에게 있어 가장 치명적인 허점이 될 줄은 꿈에도 생각하지 못했습니다.

그해 가을 10월. 제 인생의 방향을 가르쳐주는 운명적인 사건을 맞이하게 되었습니다. 가로수 길을 걸으며 바라본 은행나무 한 그루. 철 지난 가지 끝에 붙어 있던 마지막 남은 한 장의 은행잎이 마치 어떻게든 살아 보려 발버둥치는 저를 바라보는 것 같았습니다. 주위를 둘러보니 땅바닥에 있는 다른 잎들은 너무도 편안하게 바닥에서 쉬고 있는 듯했습니다. 그리고 그다음 자신의 쓰임을 위해 기다리고 있었습니다. 그리고 그들은 행복해 보였습니다. 그동안 제가 찾던 행복이 보였습니다. 은행잎이 저에게 가르쳐준 의미는 간단했습니다.

'세상 모든 만물은 누군가에게 쓰임을 받을 때 비로소 행복을 느끼는구나.'

그동안 학교 공부를 하고 책을 읽어도 알지 못했던 인생의 교훈을 무심코 지나쳤던 일상에서 그리고 주변에서 알 수 있음을 경험하게 되었습니다. 그때부터 일상에서 일어나는 일들을 관찰하기 시작했고 그 상황이 가르쳐주는 의미를 메시지로 기록을 하게 되었습니다. 그렇게 얻은 느낌과 교훈들을 함께 나누고 싶었습니다.

에피소드와 메시지의 결합을 통해 스토리텔링을 하는 매력에 빠지게 되었고 이번 책을 통해 누구나 일상에서 의미를 담고 자신만의 통찰로 세상을 해석할 수 있음을 이야기하고 싶었습니다.

이 책을 읽게 되는 독자들이 나아가서는 세상에 단 하나뿐인 자신만의 이야기를 만드는 스토리텔러가 되길 소망해 봅니다.

차 례

chapter 1

자신의 인생에
집중하라

chapter 2

이제는 달라져야 하는
시간이다

chapter 3

당신의 삶을
사랑하라

chapter 4

꽃처럼 향기로운
사람이 되자

chapter 5

자신의 미래를
스스로 선택하자

chapter 6

당신은 이미
행복한 사람이다

chapter 1

자신의
인생에
집중하라

인생에도
모래시계가 있다

독서 모임에 참석했습니다. 책 소개를 마친 강사님은 그룹을 만들어 주었습니다. 팀별로 그날 주제에 맞는 이야기를 하라는 것이었습니다. 우리 팀 인원은 7명. 먼저 오른쪽에 앉아 계시던 한 분이 이야기 포문을 열어 주셨습니다. 그런데 이야기는 시간이 흐르고 흘러도 끝이 날 줄 모르고 계속되었습니다. 이런 저런 이야기를 하는 동안 5분, 10분 시간은 계속 흘러갔지만 이야기 핵심이 무엇인지 애매하기도 했고 다른 분들이 발언할 수 있는 시간이 점점 줄어드는 상황이었습니다.

이 상황을 눈치챈 진행자는 모래시계를 테이블 중앙에 놓아 주었습니다. 정확히 3분이 측정되고 있었습니다. 모래시계의 한정된 시간을 바라본 발언권 자는 그제야 앉은 자세를 바로 세우며 자신의 이야기 주제를 정확히 전달하려 집중하는 모습이 보였습니다. 주어진 시간이 한정되어 있음을 인지함으로 몰입이

자신의 인생에 집중하라

인생에도 모래시계가 있습니다.

모래시계의 한정된 시간을 바라보아야 자신에게

집중하는 모습을 보입니다.

주어진 시간이 한정되어 있음을

인지함으로 몰입이 되는 순간이었습니다.

시간은 무한하지 않습니다.

되는 순간이었습니다. 시간은 무한하지 않습니다.

우리는 살아가면서 자신에게 주어진 시간이 무한할 거라 생각합니다. 그러니까 주제를 못 찾고 계속 헤매는 모습을 보게 됩니다. 내가 누구인지? 무얼 좋아하는지? 무엇에 가슴이 뛰는지조차도 모르고 언젠가는 알겠지 합니다.

100년도 못 살 거면서 1,000년 살아갈 걱정을 안고 살아가기도 합니다. 그런데 신기한 건 사람들은 자신에게 어떤 식으로든 한정된 시간이 주어지면 무서울 정도로 몰입을 하는 모습을 보게 됩니다. 마치 모래시계를 보며 이야기하는 것처럼.

우리 눈에는 보이지 않지만 분명 개인에게 주어진 시간들이 있을 겁니다. 10년, 20년 아니 1년일 수도 있습니다. 자신에게 주어진 모래시계가 어느 누구도 많이 남아 있을 거라 장담할 수 없는 게 우리 인생입니다. 지금 당장 자신의 눈에 보이지 않지만 하루라는 모래시계부터 바라보며 집중해야 되지 않을까 합니다.

왜냐하면 이 순간 한정된 시간을 향해 묵묵히 흘러내리고 있는 모래시계가 있음은 분명한 사실이니까요.

자신의 인생에 집중하라

자신의 인생을
빛나게 하는 법

얼마 전 외부 일정이 있어 아침부터 고속도로를 달렸습니다. 얼마나 달렸을까요? 평소보다 차량이 많았고 구간 정체가 발생하기 시작했습니다. 어쩌면 약속시간보다 많이 늦어질 수도 있는 상황이었습니다.

'도대체 무슨 일 있는 거지?'

잠시 후 멀리 보이는 차량 정체의 주요 요인을 보니 무엇 때문인지 알 수 있었습니다. 바로 시즌입니다. 단풍 구경 시즌, 도로변에 관광버스가 개미 줄지어 가듯 빼곡히 줄을 서 있었습니다. 그곳에는 아주머니들의 형형색색 옷이 단풍보다 더 빛나고 있었습니다. 사람들은 단풍 시즌이 되면 이번 기회가 아니면 볼 수 없다 생각하기에 장거리 운전과 긴 시간을 투자해서라도 그 기분을 느끼고자 합니다. 산 입구에 도착하면 삼삼오오 무리를 지어 산을 오르며 자연의 위대함 앞에서 연신 감탄을 합니다.

그리고 두 눈에 풍경을 담아오기엔 아쉬움이 남기에 휴대폰과 카메라를 꺼내 들고 연신 사진을 찍어 댑니다. 웅장한 큰 산을 배경으로 아름드리나무를 배경으로 사진을 찍습니다. 그러나 사진을 찍고 나서 결과물을 보면 뭔가 마음에 썩 들지 않는 표정들입니다. 바로 생각만큼 그 속에서 자신이 돋보이지 않는다는 겁니다. 배경으로 찍은 단풍나무의 화려한 색깔에 사람은 그저 작은 존재일 뿐입니다. 이럴 땐 자신을 빛나게 하는 탁월한 방법이 한 가지 있습니다.

바로 아웃 포커싱!

주변 배경을 흐리게 하고 모든 초점을 자신에게 맞추는 겁니다. 조금 전까진 배경 속에 묻혀 있었지만 이젠 상관없습니다. 그렇게 하고 찍어보면 찍고자 했던 대상이 가장 빛나고 있음을 경험하게 됩니다.

우리 살아가는 인생도 이와 다르지 않다고 생각합니다. 살아가며 우리는 자신보다 잘난 사람들을 많이 만나게 됩니다. 어쩌면 생각보다 많을 겁니다. 화려한 집안과 엄청난 명성들, 한 번도 경험해보지 못한 권력과 재력은 부러움의 대상이 됩니다. 우리는 그들 앞에서 자신과 비교하는 순간 한없이 작아짐을 느끼

자신의 인생에 집중하라

게 됩니다.

그러나 지금부터는 그럴 필요 없습니다. 이제부터 주위 배경을 흐리게 하면 됩니다. 그리고 모든 초점을 자신에게 맞추어보면 됩니다. 지나치는 주변 사람들의 시선과 말, 그렇게 신경 쓰지 않아도 됩니다. 어차피 그들도 내 삶에 그리 관심 없습니다. 그저 자신의 위축된 마음이고 확장된 상상일 뿐입니다.

자신의 삶에 집중하고 자기의 행복에 초점을 맞추어 보았으면 합니다. 지금까지와는 다른 자신의 모습이 보이고 얼마나 빛나는 삶인지 알게 될 겁니다. 오늘부터 우리는 최고의 인생 샷을 찍게 될 겁니다.

인생의 아웃포커싱 말입니다.

끝까지 들어라,
말도 인생도

토요일 오전 일정이 있어서 잠시 외출을 나갔습니다. 아침 일찍 나오는 바람에 아침식사를 못한 터라 살짝 배고픔이 찾아옵니다. 주변을 살펴보니 식당은 보이지 않았고, 없는 것 빼고 다 있다는 편의점이 눈에 들어왔습니다.

영화에서 보는 장면처럼 출입문을 힘있게 열고 들어가 어묵탕 하나를 손에 들었습니다. "이모 계산이요"

설명서에 적혀 있는 대로 어묵탕을 전자렌지에 1분간 데웠습니다. 배고픈 마음에 얼른 뜯어보니 냉탕, 온탕 반반이었습니다. 저는 긍정적인 사람이기에 반반에 실망하지 않고 어묵탕 하나를 순식간에 해치웠습니다. MSG 국물의 만족감에 미소를 지으며 신문기사 내용을 확인하고 있는데 옆에 다가온 여성분이 저에게 말을 걸었습니다. 매장 아르바이트생이었습니다.

자신의 인생에 집중하라

"저기요. 여기 계속 앉아 계실건가요?"

당황스러웠습니다.

'와~ 어묵 탕 하나 먹고 자리에 앉아 있다고 무시하는 걸까? 아니면 앉은 지 10분 지났고 주문한 거 다 먹었으면 빨리 일어나지 왜 거기 그러고 있냐는 걸까?'

정말 몇 초 안 되는 시간이었지만 많은 감정과 저만의 해석이 난무했습니다.

"왜 그러시죠?" 순간 정적이 흘렸습니다.

"저…기…"

그녀가 뜸을 들이고 있었습니다. 힘든 결정을 하려는구나. 그래, 나도 고객인데 그런 말하기 쉽진 않을 거야. 솔직히 자존심 살짝 상하지만 내가 일어서주자. 본인도 매장 방침이 있기에 그런 얘기를 하는 거겠지. 오케이, 내가 나가준다. 결심을 실행으로 옮기려고 자리에서 일어서려 할 때 그녀는 이제 더 이상 물러 날 수 없다는 결심이라도 한 듯 저에게 최후통첩을 합니다.

"소. 소. 소… 손님 정말 죄송한데요."

"아니요. 괜찮습니다. 제가 눈치 없이 오래 앉아 있었네요. 죄송합니다."

"아니 그게 아니라, 화장실이 급해서 그런데 자리 좀 지켜 주실 수 있으실까요? 금방 다녀오겠습니다."

잠시 후 화장실을 다녀온 그녀에게서 백만 불짜리 미소를 보았습니다.

그동안 끝까지 듣지 않고 내 맘대로 생각한 많은 일들이 상대방에 대한 오해를 낳게 한 적이 많습니다. 말도 끝까지 들어야 알 수 있듯이 우리 인생도 끝까지 가봐야 아는 게 인생입니다. 힘내서 하루를 살아가야겠습니다.

끝까지 듣지 않고 내 맘대로 생각한 많은 일들이
상대방에 대한 오해를 낳게 한 적이 많습니다.
말도 끝까지 들어야 알 수 있듯이 우리 인생도 끝까지 가봐야
아는 게 인생입니다. 힘내서 오늘을 살아가야겠습니다.

자신의 인생에 집중하라

아픔 재활용

　살아온 인생을 되돌아보면 우린 참 많은 경험을 하게 됩니다 그중에서도 기억에 생생하게 남는 건 기쁨보단 아픔을 경험한 순간이었습니다. 아마도 기쁨이란 감정은 환하게 웃으며 그 감정을 만끽하면 서서히 사라지는데 반해, 아픔이란 감정은 내 마음속 깊은 곳에 자리 잡아 이곳저곳 상처를 내기에 빨리 없어지지 않았습니다. 마음의 큰 상처를 입은 적이 있었습니다. 너무도 엄청난 폭풍 같았기에 창밖을 바라만 봐도 눈물이 났습니다.

　많은 세월이 흘렀습니다. 그 상처가 없어진 줄 알았습니다. 그런데 최근 글쓰기를 하며 소름 끼치게 놀랐습니다. 글로써 기록하면 할수록 그때로 돌아가서 눈앞에 너무도 선명하게 보는 듯한 감정이 올라왔습니다. 순간적으로 무서웠습니다. 분명 잊혀진 줄 알았는데 치유가 된 거라 생각하고 있었는데….

　아픔은 사라지지 않습니다. 정확하게 그 자리에 있었습니다. 다만 자신의 감정으로 누르고 있을 뿐이었습니다. 어떻게 해야 좋을까 많은 고민을 했습니다.

어느 날 지인을 만나서 커피 한 잔을 했습니다. 그는 세상살이로 많이 힘들어했고 그 사연 속에는 저와 같은 아픔도 고스란히 들어 있었습니다. 조심스럽게 저의 아픔을 살짝 꺼내서 보여주었습니다. 자랑거리는 아니었지만 상대방의 눈동자를 보면 알 수 있었습니다.

나의 아픈 경험이 위로가 되고 서로 공감이 되고 있다는 걸.

아픔 재활용.

우리들의 많은 아픈 경험들을 그냥 오래도록 마음속에 남겨두었을 땐 세월이 흘러 세상을 떠나는 마지막 순간에도 유언으로 남을 겁니다.

"지난번 일 때문에 아직도 마음이 많이 아프다. 미안하다."

눈을 감는 순간까지도 우리에게 평안을 주지 못합니다. 절대로.

사용법을 알게 되었습니다. 요즘은 그렇게 아팠던 감정이나 경험들을 필요한 곳에서 수시로 꺼내고 있습니다. 결코 자랑이 아니라 타인을 치유하는 약으로 사용하고 있습니다.

자신의 인생에 집중하라

"치유의 약."

오래전 나와 가족들을 눈물 나게 했던 기억들이 이젠 다른 가치를 지녔기에 기쁜 마음으로 이야기합니다.

"인생 뭐 있나요. 다 그런 겁니다. 혹시라도 제가 경험한 아픔이 당신을 치유하는데 필요하다면 언제든지 가져다 쓰십시오."

이제부터는 지나간 아픔들을 부끄러워하지 않았으면 합니다. 슬퍼하지 마세요. 치부라 생각지 마세요. 그렇게 생각한다고 달라지는 건 없습니다.

하지만 당신의 아픔도 세상 밖으로 당당히 꺼내 보면 분명 당신의 이야기로 위로가 되고 치유가 되는 이들이 있습니다. 단한 사람이라도 당신의 아픈 경험으로 다시 일어설 수 있는 용기를 주셨다면 한 사람을 살린 그 가치로도 또 다른 행복을 가져다줄 겁니다.

또 다른
해석의 눈

퇴근 후 거실 소파에서 한참 TV를 보고 있었습니다. 자기 방에서 놀고 있던 아들 녀석이 책 한 권을 들고 눈앞에 나타났습니다.

"아빠 책 좀 읽어 주세요."

"무슨 책이니?"

"《토끼와 거북이》요."

어린아이를 가슴에 품고 한 줄씩 읽어 내려갔습니다. 긴 내용이 아니었기에 금세 책장을 덮을 수 있었습니다. 그런데 신기한 것은 책을 읽는 동안 많은 생각을 하게 되었습니다. 분명 초등학교 시절부터 알고 있던 이야기인데 새롭게 느낌이 다가왔습니다. 왜 그런 거지. 잠시 생각해 보니 바로 저만의 해석력이 생긴 거였습니다.

우리는 어떤 상황에 부딪치게 되면 자신만의 해석을 하게 됩

　　　　　　　　　　　　　　자신의 인생에 집중하라

니다. 그리고 그것이 정답인 것처럼 살아가게 됩니다. 그럼 이 시점에서 나에게 또 다른 해석으로 보인 이유는 뭘까요?

이유는 바로 경험이었습니다. 스스로가 토끼의 입장도 되어 보고 거북이의 입장도 되어 보니 다르게 보였습니다.

예전 같았으면 선생님이 가르쳐 준 해석이 전부였고 그게 정답인 것처럼 받아들였습니다. 그러나 이젠 자신의 경험이 쌓이니 토끼와 거북이의 입장이 여러 가지 각도로 보여졌습니다.

살아가는 방법도 마찬가지입니다. 자신의 경험의 크기가 커질수록 목적이, 방향이 달라질 겁니다. 자신만을 위해 살겠다던 사람이 어느 날 결혼을 해서 이젠 가족만을 위해 살아가겠다 합니다. 그러던 어느 날은 힘들고 지친 사람을 구해주더니 이젠 세상을 위해 살겠다고 말할 수 있는 것처럼 말이죠.

그러나 어떻게 살아가든 자신의 행복에 집중해서 살아야 한다는 건 잊지 않았으면 합니다.

6개의 칼날

 남자들이라면 아침에 눈떠서 하는 행위가 있습니다. 세수입니다. 그리고 면도를 합니다. 저도 오늘 아침 늘 하던 면도를 했습니다. 아무래도 기계 면도보다는 칼날 면도만의 깔끔함이 좋아서 저는 거품 면도를 합니다. 오래도록 해 오던 일이었고 자신 있기에 자연스럽게 얼굴에 칼날을 들이댑니다. 6개의 칼날이 얼굴 피부를 타고 춤을 추기 시작했습니다.

 그런데 '앗! 따끔' 하는 통증이 느껴지는 찰나 금방 입술 옆으로 피가 흘러내리고 말았습니다. 순간 당황스럽기도 했고 어이없기도 했습니다. 평소에 잘해 왔기 때문에 그런 일은 없을 거라 자신을 믿었던 생각 탓입니다.

 살아감에 있어서도 마찬가지입니다. 지금까지 한 번도 넘어지지 않았다 해서 '절대 그런 일은 나에게 없을 거야'라며 방심해서는 안 됩니다. 왜냐하면 우리 삶에도 6개의 칼날은 늘 움직이고 있으니까요!

자신의 인생에 집중하라

열정의 정의

　얼마 전 지인의 소개로 제철소에 구경을 갔습니다. 입구부터 웅장함에 놀라지 않을 수 없었습니다. 무슨 공장 구경을 버스로 하다니 엄청난 규모였습니다. 보이는 시설 규모에도 놀랐고 연간 뽑아내는 철강 제품의 양에도 놀라고 근무 중인 직원들 숫자에도 입이….

　그래도 최대한 안 그런 척했습니다. 예전부터 시골 어머니께서 "어디 가서 촌놈 티 내지 마라"했기에 절대 놀란 눈으로 주위를 두리번거리지 않았습니다. 지인을 따라 현장을 갔습니다. 들어가기 전 안전교육을 철저히 받았습니다. 이곳에서는 잠시만 방심해도 대형사고가 날 수 있음에 긴장해야 한다는 주의를 주었습니다. 안내자의 가이드를 따라 황색 안전선 밖으로 천천히 걸어갔습니다. 실내에 들어서자 제철소 특유의 냄새가 코를 자극하기 시작했습니다. 그리고 밖에서는 느껴보지 못한 웅장함과 여기저기서 들려오는 큰 소리에 살짝 주눅이 드는 것 같았습니다. 철강 제품을 사이즈 별로 찍어 내는 모습은 과히 장관이었습니다. 그렇게 단단하고 무거운 강철도 온도가 오르니 저렇게 말 잘 듣는 아이처럼 변하게 되니 신기하기도 했습니다. 핵심 시설로 갔을 때 입에서 탄성이 저절로 나옵니다.

"우와!"

붉은 쇳물이 용광로에서 흘러나오는 모습은 마치 화산이 터진 후 흘러나오는 마그마와 거의 흡사한 느낌이었습니다. 물론 제가 화산을 직접 보거나 마그마를 본 건 아니지만 TV를 통해 보았던 그 느낌이었습니다. 한동안 그 상황에 푹 빠져 있다가 다가온 현장 관리자와 인사를 하고 궁금한 걸 못 참아서 질문을 던졌습니다.

"공장장님, 이곳의 용광로는 일 년에 몇 번이나 불을 끄는 건가요?"

돌아온 대답은 간단했습니다.

"용광로는 그렇게 쉽게 끄고 켜기를 반복하지 않고 계속 유지합니다. 왜냐하면 끄고 다시 불을 붙이는데 훨씬 많은 비용이 들기 때문입니다."

우리가 말하는 열정도 이와 같은 건 아닐까 합니다. 내가 좋아하거나 하고픈 일을 만났을 때 우린 너무도 쉽게 열정을 외쳐

자신의 인생에 집중하라

됩니다. 그런데 결국 오래가지 못하고 이내 꺼져 버립니다. 그건 열정이 아닙니다. 그냥 호기심인 겁니다. 1년을 한 번도 쉬지 않고 쇳물을 녹여내는 용광로처럼 열정은 뜨거웠다, 차가웠다, 반복하는 게 아니라 핵심은 꺼지지 않는 것입니다. 식지 않는 삶의 열정을 다시 한번 시작해 보지 않으시겠습니까!

쉽게 달궈지고 식는 열정은 이후에 다시 불을 붙이는데
훨씬 많은 비용이 듭니다. 진짜 열정은 뜨거운 게 아니라
핵심은 꺼지지 않고 지속하는 것입니다.

인생의 핸들

부산에서 창원을 오는 길에 후배가 같이 태워달라며 옆자리에 탔었습니다. 그리고는 한마디 합니다.

"선배님 가는 동안 대화 나누며 재미있게 해드리겠습니다."

어차피 가는 길이고 방향도 비슷하기에 흔쾌히 수락했습니다. 옆자리에 타고 나서는 그동안 어찌 지냈는지 서로의 안부를 몇 마디 묻고 답하기를 10분이나 흘렀을까요? 갑자기 정적이 흘렀습니다. 옆으로 고개를 돌려보니 후배는 창문에 얼굴을 기댄 채 10분 만에 코를 골며 자고 있었습니다. 심심하지 않게 옆에서 대화를 나누겠다던 후배의 모습을 바라보니 많이 지쳐 보였고 한편으론 안쓰럽기도 했습니다. 새롭게 입사해서 근무하는 곳이 힘들다 하더니 그런가 보다 했습니다.

사실 우리가 운전하면서 자주 볼 수 있는 광경인데 갑자기 이런 생각이 들었습니다. 분명 같은 차를 타고 가는데 나는 왜 졸

자신의 인생에 집중하라

지 않을까? 제가 찾아낸 해답은 핸들을 잡은 사람이 바로 저였습니다.

핸들을 잡은 사람과 잡지 않은 사람의 차이.

우리가 살아가며 자기 삶의 주도권을 잡고 살아가는 인생과 세월에 몸을 맡기고 끌려가는 인생은 확연한 차이를 보입니다. 끌려가는 삶은 똑같은 여정을 가도 늘 피곤하고 힘든 삶의 연속일 뿐입니다. 반대로 주도권을 가지고 살아가는 인생은 똑같은 하루 속에서도 가치를 찾고 의미를 즐길 수 있습니다.

행복의 비밀

얼마 전 고향 마을을 다녀왔습니다. 남들은 깡촌이라 부르는 깊은 산골 마을이지만 저에겐 잊을 수 없는 많은 추억들을 만들어준 소중한 곳입니다. 어른이 되어 찾아가도 눈에 익숙한 풍경과 산에서부터 불어오는 시원한 바람을 느껴보면 어린 시절 뛰어놀던 모습들이 선명하게 떠오르곤 합니다.

한적한 시골길을 달그락거리는 철통 도시락 가방을 메고 초등학교를 다녔습니다. 아무리 조심을 해도 점심시간 도시락을 꺼내보면 김칫국물이 새는 건 어쩔 수가 없었지요. 빨갛게 물들은 교과서를 햇볕이 드는 창문에 빨래 널 듯 펼쳐 놓고 말렸던 기억들이, 지금 생각만 해도 김칫 국물 냄새가 납니다. 특히나 옆자리 짝지가 예쁜 여학생일 때는 도시락 꺼내기가 가장 힘든 순간이기도 했습니다. 그런 순간엔 꼭 짝지 여학생이 한마디 합니다.

"친구야, 도시락 같이 먹자."

자신의 인생에 집중하라

하교를 할 때는 한참을 걸어야 집에 갈 수가 있었습니다. 덩치가 작았기에 등에 지고 가는 가방은 제 몸뚱어리의 거의 절반을 차지했었죠. 그래서 그런지 동네 어르신들은 저를 보면 도토리라고 부르시곤 했습니다.

시골에만 오면 이런저런 생각이 떠오르고 추억 속에 잠겨 보지만 이젠 그런 이야기를 다시 듣고 싶어도 세월이 흘러 하늘로 다들 떠나신 지 오래되었습니다. 행복이란 저축을 할 수 있는 게 아니라 그 순간임을 이제야 깨닫게 되었습니다.

그런 추억을 안겨준 시골마을에 거의 도착했을 때 눈에 띄는 곳이 하나 있습니다. 제가 졸업했던 시골 초등학교였습니다. 지금은 폐교가 된 지 20년도 넘었기에 거의 쓰러져가는 건물이 되어 있었습니다. 그래도 어린 시절 추억이 남아 있는 곳이기에 한 번쯤 가까이서 보고 싶었습니다. 오랜만에 학교 운동장도 걸어보았고 건물 주변도 둘러보았습니다.

그런데 자꾸만 드는 생각이 있었습니다. 학교가 줄어들었나? 분명 어린 시절 1학년 교실에서 6학년 교실 끝까지 바라보면 끝이 보이지 않을 만큼 큰 건물이었고 운동장은 한참을 뛰어야 정문에 도착할 만큼 넓었는데. 지금은 이상했습니다.

'왜 그런 걸까?' 하고 다시 자세히 보니 학교가 줄어든 게 아니었습니다. 세상을 바라보는 저의 욕심의 크기가 커져 있었습니다. 너무도 큰 건물을 많이 봐 왔고 많은 걸 누리며 살다 보니 이젠 그 정도 크기와 넓이로는 저의 욕심을 채울 수가 없었습니다. 짧은 순간이었지만 욕심으로 가득 찬 저의 마음을 되돌아보게 되었습니다.

행복은 욕심과 반비례한다고 합니다. 만약 지금 행복하지 않다고 느낀다면 자신의 욕심의 크기를 줄이고 꿈의 크기를 키워 보는 건 어떨까 합니다.

자신의 인생에 집중하라

나는 문제없는
사람입니다

일요일 아침 외출 준비를 하고 있었습니다. 욕실에 들어가 평소처럼 세수를 하고 칫솔을 잡았습니다. 최근 잇몸이 좋지 않아 구운 소금으로도 한 번씩 양치질을 하는데 그날은 시린 이를 커버해주는 치약을 쓰기로 했습니다. 심한 건 아닌데 벌써 이가 시린 건 어린 시절 잘못된 칫솔질이 그렇게 원인을 제공했습니다.

어린 시절 양치질이 하기 싫어 도망 다니다가 어머니께 잡히면 한 대 맞고 입이 한 다발 나온 채로 양치질을 하곤 했습니다. 그땐 왜 그리 싫었을까요? 하루 세 번, 식후 3분 이내, 3분 이상이라는 3, 3, 3법칙을 학교에서 배우긴 했지만 삶이 배운 대로 되던가요. 예전 기억을 떠올려 보면 부끄럽지만 1, 1, 1 법칙을 했던 것 같습니다.

다들 이젠 어른 되었으니 양치질 잘 합시다. 그렇게 칫솔을 잡고 치약을 찾았는데 희한하게 항상 제자리에 있던 게 보이질 않았습니다.

'이상하다. 이상하다.'를 혼자 중얼거리며 도저히 찾을 수가 없어 아내에게 도움을 요청했습니다.

"자기야 욕실에 치약 어디 있어?"

"거기 있잖아. 조금 전에 내가 사용했는데 다시 찾아봐. 분명 있다."

아~ 이거 귀신이 곡할 노릇이었습니다. 한 번도 이런 적이 없다 보니 살짝 당황스럽기도 했습니다. 그런데 이곳저곳 찾아도 나오질 않으니 살짝 짜증이 밀려오기 시작했습니다. 그렇다고 쉽게 짜증이나 화를 내는 좀생이는 결코 아닙니다.

"자기야 아무리 찾아봐도 없는데."

더 이상 저의 투정을 듣기 싫었는지 아내는 직접 욕실로 들어왔습니다. 이리저리 둘러보더니 저를 바라보며 어이가 없다는 표정을 지어 보였습니다.

"지금 자기 손에 든 건 뭔데?"

"내 손에 뭐? 헉!"

그렇게 10분 이상을 찾아 헤매던 치약은 제 손에 정확히 자리 잡고 있었습니다. 제 손을 절대 의심한 적이 없었기에 보이지

자신의 인생에 집중하라

않았던 겁니다. 저라고 늘 완벽할 순 없지 않을까요? 혼자 욕실 거울을 보며 위로를 했습니다.

우리는 항상 자신의 결정이나 생각은 세상의 진리인 것처럼 옳다고 믿는 습관이 있습니다. 그런 이유로 보지 못하고 넘겨버리는 경우가 많이 생기곤 합니다. 실제 바둑이나 장기도 본인이 직접 둘 때는 보이지 않는 길이 희한하게도 다른 사람 훈수 둘 때는 수십 개의 묘수가 보이기 시작합니다. 내가 쓴 글에는 전혀 문제가 없어 보이는데 이상하게도 팀장님께 결재를 올리면 오타를 다 잡아냅니다. 치약은 절대 내 손에는 없을 거라는 믿음이 저의 시선을 어둡게 했던 일을 보며 일상 속에서 사람들과의 관계에서도 나는 문제없고 잘못하는 것도 없는 사람이라고 생각하는 모순에 빠져 누군가를 아프게 하거나 힘들게 하지는 않았는지 생각해 봐야겠습니다.

chapter 2

이제는
달라져야 하는
시간이다

쉬운 결단과
어려운 방법

　장모님께서 아파트 현관문을 열고 커다란 택배 상자 하나를 낑낑대며 들고 들어오셨습니다. 도대체 무슨 택배인가 보았더니 지금이 제철인 단감 상자였습니다.

　젊은 제가 들어도 결코 작지 않은 무게임에도 누구 시키지 않고 무리를 하셨네요. 그런 미안한 감정도 잠시 눈에 보이는 장면에 시선이 고정되고 말았습니다. 생산자가 직접 택배를 보내면서 어찌나 포장을 완벽히 하셨던지 청색 테이프로 사방을 밀봉해주었고 그것도 모자라 노끈으로 십자 형태를 갖추어 꽁꽁 묶어서 보냈습니다. 누가 보면 과잉 포장이라고 생각하겠지만 농부에겐 한 해 동안 쏟아부은 땀방울이 들어 있기에 그리하셨을 겁니다. 그러했기에 그 맛이 더 궁금해졌습니다. 빨리 한입 베어 물고 그 단맛을 보고픈 마음에 묶여 있는 매듭을 잡고 풀어 보는데 만만치 않았습니다.

　　　　　　　　　이제는 달라져야 하는 시간이다

인내심이 한계에 부딪치려 할 때쯤 큰 소리로 아들을 불렀습니다.

"아들. 거실로 과일 칼 들고 나와 봐."

그 소리를 들으신 장모님은 저를 밀어내며 본인이 풀어 보겠노라 하셨습니다. 그냥 잘라버리면 아깝다 합니다. 그리고 5분이나 지났을까? 끝내 그 어려운 매듭을 풀어내시곤 깔끔히 묶어서 서랍에 넣으셨습니다.

"자르긴 쉬워. 그러면 다음에는 다신 못 써. 시간이 조금 걸려도 어떻게든 풀어내면 되잖아."

우린 많은 사람들과 관계 속에서 살아갑니다. 분명 좋은 기억들이 많겠지만 그러지 못할 때도 많은 게 사실입니다. 서로 간에 상처를 주기도 하고 아픔을 주기도 합니다. 특히나 사소한 오해의 감정으로 다투어서 그렇게 친하던 사이도 한순간에 남남이 되기도 합니다. 그런 격한 감정이 올라오면 우리는 머릿속으로 생각을 합니다.

"이번 기회에 그 사람과의 관계를 확 잘라버려야지."

아주 간단하고 해결하기 쉬운 방법입니다. 다음날 다시는 보지 않을 사람으로 매몰차게 이별도 선언합니다. 그런데 시간이 흘러 주변을 돌아보니 잘린 노끈들만 자신의 주변을 가득 채운 모습을 보게 됩니다.

어쩌면 우리들 모습은 아닐까요? 너무도 쉽게 잘라버렸던 매듭들, 그 흔한 노끈 하나에도 정성을 쏟고 시간을 들여서 매듭을 풀어내는 모습처럼 사람 관계도 살아가며 정성을 들여야겠습니다.

자르긴 쉽지만 다시 연결하긴 몇 배로 어려운 사람 관계.

조금은 시간이 걸리더라도 하나하나 매듭의 꼬인 부분을 찾아내서 인내로 풀어내면 더 귀한 관계가 되지 않을까 합니다.

자르긴 쉽지만 다시 연결하긴 몇 배로 어려운 사람 관계.
꼬인 부분을 찾아내서 인내로 풀어내면
더 귀한 관계가 되지 않을까 합니다.

이제는 달라져야 하는 시간이다

변화의 시작은
크지 않아도 된다

나이 또래 친구들에 비해 일찍 결혼을 했습니다. 25살 뭐가 그리 급했는지, 세상 물정 모를 나이에 시작된 결혼 생활은 허술함과 부족함이 많았던 시절이었습니다. 그런 중에도 회사를 다니며 단 하나의 목표가 있었다면 아내를 위해 생활하기 좀 더 나은 집으로 이사를 하는 것이었습니다.

2년마다 이사를 다녔습니다. 이사를 가겠다고 마음을 먹고 난 이후 자금을 마련하고 새롭게 들어갈 집 주인과 계약서에 도장을 찍고 돌아오면 그때부터 설렘은 시작됩니다. 머릿속에서는 상상만으로도 행복할 거라는 극도의 흥분된 기분이 올라옵니다. 오죽했으면 하늘의 별들도 마구 날아다니는 것처럼 보였을까요.

대충 그려온 집 구조 도면을 보며 아내도 저도 마주 앉아서 매일 밤이면 가구를 어떻게 넣을지? 이 방에는 행거를 어디에

설치할지? 저 방은 누구 방으로 사용을 할지? 등등 끝이 없는 이야기꽃을 피우게 됩니다. 행복한 순간이었습니다. 그리고 더 큰 행복을 기대하고 있었습니다.

막상 이사 당일이 되어 집으로 물건들이 들어가고 저녁쯤이면 정리가 되어 가긴 하지만 입에서는 단내가 나기 시작합니다. 체력도 슬슬 바닥을 보입니다. 전날 저녁까지 설레었던 마음은 어디론가 사라져 버렸고 몸도 마음도 지친 상태에서 탄식 섞인 소리가 나오게 됩니다.

"아이고~, 두 번 다시 이사 가나 봐라."

그렇게 새로운 집에 들어가면 엄청 행복할 것 같았던 마음은 며칠이 지나지 않아 서서히 무뎌지기 시작합니다. 그냥 원래 있었던 곳처럼 말입니다. 분명 오기 전 이사만 오면 많이 행복할 것 같았는데. 집도 넓어지고 편해졌는데, 그렇게 자린고비라는 말까지 들어가며 여기까지 왔는데, 왜 그런 걸까요?

우리는 행복이란 감정을 잘 모르고 살아갑니다. 마냥 이런 조건이 되면 행복할 거라고 상상하는 겁니다. 그렇게 바라던 상황이 되었지만 얼마 지나지 않아 가장 큰 병을 만나게 됩니다.

이제는 달라져야 하는 시간이다

익숙함.

익숙함이란 무서운 병은 세상 그 무엇을 가져도 동일하게 다가옵니다. 그러기에 머릿속으로 그리던 행복은 결코 지속되기가 쉽지 않습니다. 그러기에 행복은 나중에 이렇게 되면 행복이 찾아오겠지라는 생각은 오류입니다.

지금 이 순간 누리고 있는 것들에부터 감사함으로 느껴야 할 감정입니다. 이제부터는 감사함을 일상의 익숙함으로 가져 보면 어떨까요? 그런 치명적인 병은 걸려도 괜찮습니다. 행복하십시오.

뜨겁다,
뜨겁다

온몸이 결리거나 아플 땐 자주 찾는 곳이 있다면 1순위는 목욕탕입니다. 정형외과 가서 근육주사 한 대 맞을 수도 있지만 역시 가성비로는 목욕탕 찜질만 한 것도 없습니다.

저는 목욕탕을 들어가면 1시간이 되기 전에 무조건 나옵니다. 대부분 40분 정도면 끝. 그렇다고 안 씻고 나오진 않습니다. 아내는 그런 부분을 못마땅해 하기도 하고 딴짓하다가 나오는 건 아닌지 늘 의심하긴 합니다. 사실 저는 땀이 나고 답답함을 많이 느끼기에 그렇습니다. 그런데 아내는 한번 들어가면 기본이 2시간을 훌쩍 넘겨 나옵니다. 그것도 제가 전화를 몇 번이나 해야 나옵니다. 거기다가 나올 때 얼굴을 보면 얼굴이 홍당무가 되어 있습니다. 도대체 얼마나 열심히 씻길래.

얼마 전 어깨 결림이 있어서 목욕탕에 다녀왔습니다. 비록 늘

　　　　　　　　　　　이제는 달라져야 하는 시간이다

어난 몸무게에 심한 충격을 먹었지만 역시나 목욕탕에 가면 가장 난코스가 하나 있다면 뜨거운 열탕에 들어가는 겁니다. 어르신들은 40도가 넘는 열탕에도 삼계탕처럼 땀을 뻘뻘 흘리면서도 잘도 참으시던데, 저는 40대가 넘었어도 신체는 아직 초등학생인가 봅니다. 이번에는 열탕에 반드시 들어가 보리라 다짐하며 오른쪽 발가락을 슬쩍 넣는 순간

"앗! 뜨거워."

역시 정복하지 못하는 나만의 미지의 영역이었습니다. 뜨거움에 깜짝 놀랐지만 아무 일 없던 것처럼 슬며시 옆에 있는 온탕으로 장어 한 마리 미끄러지듯이 쓰윽 들어갑니다.

'앗! 이것도 뜨겁네. 오늘따라 왜 이렇게 물 온도를 뜨겁게 한 건지.'

그때 탕 안에서 자유롭게 놀고 있던 초등학생들이 이상한 눈으로 보는 것 같아 어금니를 슬쩍 깨물어 봅니다. 참아야 한다. 10분쯤 인내를 하며 도를 닦았습니다. 잠시 시간이 흘렀을까요? 얼굴에 금방 땀이 송골송골 맺히더니 온몸의 체온이 올라갔음을 느끼게 됩니다. 어디서 나오는 자신감일까요? 조금 전 도망치듯 빠져나온 열탕을 다시 한 번 쓰윽 바라봅니다.

다시 도전!

다시 한 번 오른쪽 발가락을 쓰윽 어라! 조금 전보다 덜 뜨겁네. 그럼 왼쪽 발도 쓰윽 드디어 열탕을 정복했습니다. 비록 저도 온몸이 벌겋게 달아오르는 거의 반숙 수준의 삼계탕이 되었지만 말입니다.

그런데 이상하죠. 분명 열탕 온도가 내려간 게 아닌데 조금 전처럼 화상 입을 것처럼 뜨겁지 않았습니다.

결론은 온도 변화는 없었지만 제가 다시 들어갈 수 있었던 건 조금 전 온탕에 미리 들어가서 몸의 체온을 올렸기 때문이었습니다. 지금까지는 늘 열탕에 먼저 발을 넣어보고 아니다 싶으면 바로 온탕으로 직행했기에 한 번도 정복해보지 못했습니다. 이번에 요령을 알았으니 다음부터는 낮은 온도 순서대로 천천히 들어가야겠습니다.

지금 이 순간 겪고 있는 숨이 막힐 만큼 힘든 일들도 시간이 흐르고 익숙해지면 참을 만할 겁니다. 이후 더 큰일들이 닥쳐와도 이겨낼 굳은살이 박일 거라 믿습니다. 살아가는데 힘들지 않은 인생은 없습니다. 다들 견뎌내고 있는 거죠. 비록 힘든 일들로 우리 몸이 달아올라 삼계탕이 되더라도 미소 한번 지으며 미지의 영역을 정복해 보았으면 합니다.

이제는 달라져야 하는 시간이다

내 발 밑에서
무슨 일이 있었던 거지?

대구에서 강연 행사가 있었습니다. 초행길이라서 살짝 헤매긴 했지만 내비게이션 안내에 귀를 기울이며 강연장에 도착했습니다. 입구에 도착하니 신발을 벗고 들어가는 곳이라는 안내 문구가 보였습니다. 실내화로 갈아 신고 들어가니 20평쯤 되는 아담한 곳이었고 청중을 향한 시선이 한눈에 들어오는 더없이 좋은 장소였습니다.

잠시 후 기다리던 강연자와 청중들이 시작 시간에 맞추어 하나 둘 모여들기 시작했습니다. 다들 평소 알고 지내시는 분들인지 "하하 호호" 웃음소리도 들려왔습니다. 고개를 돌려 일찍 와서 기다리는 강연자의 모습을 보니 무대에 오른다는 긴장감이 얼마나 큰지 상기된 표정에서 알 수 있었습니다. 무대는 누구에게나 떨리는 곳입니다.

그렇게 뜨거운 박수와 함성으로 강연은 시작되었습니다. 한

참을 몰입하다 시계를 슬쩍 바라보니 한 시간이 벌써 지나버린 뒤였습니다. 그런데 유난히 저를 괴롭히는 불편함이 있었습니다.

강연 시작부터 올라오던 발목 통증이었습니다. 아니 정확히 말하자면 발바닥이었습니다. 좌석에 비해 참석자가 많아서 자리를 다른 분에게 흔쾌히 양보하고 서서 듣긴 했지만, 그렇다고 평소에 이 정도로 발목이 약하진 않았는데 통증이 유난히 크게 느껴졌습니다. 한마디로 많이 아팠습니다. 이제 마흔 살을 훌쩍 넘어가더니 체력이 떨어져서 그런가 보다는 생각도 들었습니다.

무슨 방법이라도 찾아야겠다는 생각에 아픈 발목을 풀어주려 실내화에서 발을 빼는 순간 저는 제 두 눈을 의심할 수밖에 없었습니다. 그리고는 혼자 피식 웃고 말았습니다. 지금까지 신고 있었던 실내화 바닥에 지압 돌기가 있었습니다.

강연장이라서 이 허탈함과 아픔을 대해 소리칠 순 없었지만 지금까지 발바닥을 아프게 했던 원인을 찾고 나니 오히려 실내화를 벗어던지는 게 아니라 끝까지 참아야겠다는 생각이 들었습니다. 지금 발이 아픈 건 내 건강을 위해서라고 생각하니 그 순간부터는 통증을 충분히 즐길 수 있었습니다. 그 이후에도 몇 시간 동안 통증을 참느라 고생은 했지만 지압 효과 덕분인지 그 날 저녁은 꿀잠을 잤습니다.

문득 이런 생각이 들었습니다. 우리 삶에도 지압 돌기가 있겠구나. 우리는 살아가면서 많은 일들을 겪게 됩니다. 좋은 일이든 힘든 일이든, 특히나 자신을 아프게 하고 힘들게 하는 일이 생겼을 땐 무조건 피하거나 도망치려 합니다. 만약 그게 실내화의 지압 돌기처럼 나를 성장시키는 돌기라고 생각했다면 결과는 어땠을까 하는 생각을 해봅니다.

세상 모든 일은 양면성을 가지고 있습니다. 무조건 나쁜 건 없다는 거지요. 단 1%라도 긍정적인 면은 존재하고 있습니다. 분명 그 상황을 통해 무언가를 배우거나 깨우칠 수 있는데 아픈 것에만 집중하다 보니 회피하고 싶고 도망치고 싶은 겁니다. 이제부터는 나에게 주어진 상황에 대한 본질을 정확히 바라봐야겠습니다.

나의 삶에 지압 돌기는 무엇인지 말입니다.

철없는
철쭉입니다

SNS에 올라온 한 장의 사진과 글을 보았습니다. 글과 사진의 제목은 〈12월에 핀 철없는 철쭉꽃〉이었습니다. 그냥 무심코 넘길 수도 있는 글이었지만 늦게 피었다는 이유로 철없는 철쭉꽃이라는 말이 왠지 가슴 한편을 아련하게 했습니다. 자신도 꽃이기에 꼭 한번 활짝 꽃피우고 싶었을 겁니다. 그동안 늦는다는 이유로 얼마나 주위 눈치를 보며 마음고생을 했을까요? 그냥 조금 늦은 건데, 사람들은 세상을 살아가며 속도에 민감해 합니다. 빨리 무언가 되길 바라죠. 또 그런 결과물을 위해 자신을 몰아 붙이기도 합니다. 그러면서 숨이 찬다 합니다. 그렇게 만든 건 본인인데.

한 가지 알아야 할 게 있습니다. 빨리 핀 꽃이 빨리 질 수도 있음을. 겨울이 다가온 시점에 핀 철없는 철쭉꽃을 보고 꼭 한마디 해주고 싶습니다. "늦어도 괜찮다. 포기만 하지 말자."

그리고 박수를 보냅니다.

　　　　　　　　　　이제는 달라져야 하는 시간이다

무엇을
담을 것인가?

　사람들은 자신의 삶을 바꾸고 싶어 합니다. 그리고 꿈을 꿉니다. 허름한 장바구니에서 고급 핸드백으로 변하는 꿈을. 그러는 것보단 장바구니라도 꽃을 담아보는 건 어떨까요? 나는 왜 이렇게 태어났을까를 고민하기보다 무엇을 담을지가 중요합니다.

나는 왜 이렇게 태어났을까를
고민하기보다 무엇을 담을지가 중요합니다.

빛날 수 있는
가장 빠른 방법

사람들에게 어떻게 살고 싶은지 물어봅니다. 의외로 많은 분들이 의미 있는 삶을 살고 싶다고 합니다. 그리고 세상에서 빛과 같은 존재가 되고 싶다 합니다.

그러나 그 내면을 들여다보면 빛이란 본질보다는 사람들 속에서 빛나고 싶다는 마음이 좀 더 커 보입니다. 그런 마음도 존중합니다.

빛이란 존재도 그 가치를 인정받는 건 상대를 비추어 줄 때입니다.

오늘 자신이 빛나는 존재가 되고 싶다면 한 호흡만 멈춰 서서 타인을 비추는 데 힘써보면 어떨까요? 그 순간 당신은 자신도 모르게 빛나고 있을 겁니다.

이제는 달라져야 하는 시간이다

껌 종이의
고백

'제 이름은 쥬시후레쉬입니다. 가격은 단돈 천 원. 달콤한 향을 가지고는 있었지만 식사 후 입 냄새 제거용 껌으로 살아왔습니다. 그래서인지 천 원짜리 인생이란 생각이 들었습니다. 한마디로 사는 재미가 없었습니다. 그런데 어느 날부터 사람들은 저를 보고 미소 지으며 엄지척해주었습니다.' 그 이유는? 껌 종이에 메시지가 담긴 문장들을 그려 넣었기 때문입니다. 단순한 껌 종이로 살며 쓰레기통에 던져지던 존재가 사람들에게 의미를 전달하는 메신저의 삶을 살아가고 있습니다.

그냥 껌에서 누군가에게 메시지로 다가가는 순간 가치가 달라짐을 알게 되었습니다. 이젠 껌이라는 상품 하나에도 메시지를 담아 가치를 높이려 합니다.

이 순간 우리도 삶의 가치를 높이는 일은 바로 자신의 삶에 메시지를 담아 보는 것입니다.

바람이 분다,
불어야 정상이다

휴일 아침. 침대에서 눈을 떴습니다. 온몸이 결리고 찌뿌둥한 걸 보니 비가 오나 봅니다. 벌써 일기예보를 알아차릴 정도면 큰일인데 말이죠. 오랜만에 봄비 소식이 반갑기도 해서 아파트 베란다 창으로 가 보았습니다. 생명을 가진 이들에게 희망을 주는 비가 내리고 있었습니다.

잠시 고개 들어 하늘을 바라보니 비구름이 하늘을 유유히 날아 다니며 온 세상을 적셔 주고 있었습니다.

바람, 구름, 비

어느 것 하나 부족함이 있다면 이루어지지 않을 위대한 자연의 섭리였습니다.

우리 살아가는 삶에도 이와 같을 거라 생각합니다. 사람들에게 "어떻게 살고 싶으세요?"라고 물어보면 아무런 걱정이나 힘

이제는 달라져야 하는 시간이다

틈 없이 조용히 살고 싶다고 합니다. 어떤 말인지 이해는 되지만 인생이란 이치가 그렇게 되지 않음을 알기에. 그리고 그렇게만 살고 싶다는 건 바람도 빼고, 구름도 빼고, 비도 빼고 해야겠지요.

처음엔 맑은 하늘을 보며 좋아하겠지만 그것도 오래가기 어렵습니다. 대지가 뜨거워지고 세상이 가뭄에 허덕이는 걸 보면 비가 반드시 필요함을 느끼게 될 겁니다.

비가 오려면 구름이 있어야 하고 구름이 오려면 바람이 있어야 합니다. 지금 이 순간 나에게 닥친 시련이나 고통이 구름을 보내주기 위한 바람이라 생각하면 조금은 편해질 겁니다. 그리고 나를 그토록 흔들어대던 바람마저도 어느 순간 지나갔음을, 오늘 이 순간 내리는 비를 마음껏 즐기고 들어가겠습니다.

틀린 게 아니라
내가 가는 방향이다

　동네 도서관을 찾아갔습니다. 이젠 동네 마트보다도 자주 가는 곳이 되었습니다. 배움에 대한 행복을 다소 늦게 알아차린 듯 하지만 지금이라도 성장을 위한 독서를 열심히 해보려 합니다.

　도서관 입구를 들어가는데 눈에 들어온 장면이 하나 있었습니다. 정원수가 가득 찬 화단입니다. 특히나 그곳에는 소나무들이 즐비하게 심어져 있었는데 유독 눈에 띄는 삐딱이 소나무 한 그루 였습니다. 예전 같았으면 이런 말을 했을지도 모릅니다.

　' 확 뽑아 버리고 싶다. 아니면 베어 버리고 싶다.'

　그런데 오늘은 다르게 보였습니다. 자신만의 방향으로 성장해 가는 모습이 예뻐 보였습니다.　어른들은 우리들에게 늘 이야기하셨습니다.

　"똑바로 하라고. 똑바로 크라고."

　조금이라도 내가 하고픈 일이 어른들 마음에 들지 않으면 "똑

이제는 달라져야 하는 시간이다

바로 안 해" 수도 없이 들어온 지난날들입니다.

지금 와서 되돌아보면 굳이 그렇게 살지 않아도 되는 것을 몰랐습니다. 그냥 내가 살아보고픈 대로 살아봐도 되었는데 말입니다.

저는 고1 아들에게 이야기합니다. "네가 살아보고픈 방향대로 살아봐"라고 말이죠. 비록 남들이 보기엔 옆으로 삐딱하게 크는 것처럼 보일지라도 자신에게 의미 있으면 된다고 말합니다. 혹시 그거 아세요? 정원수에서 곧게 뻗은 소나무보다 삐딱하게 자란 소나무가 더 비싸다는 거!

자신만의 방향으로 성장해 가는 모습이 제일 예뻐 보입니다.
남들이 보기엔 옆으로 삐딱하게 크는 것처럼 보일지라도
자신에게 의미가 있으면 됩니다.

당신의
삶을
사랑하라

사랑 받고
싶다면

핑크색 물감을 쏟아부은 듯 핑크빛 이름 모를 꽃이 아름다운 자태를 뽐내고 있습니다. 눈으로 색감을 느껴 보기도 하고 향기로운 냄새에 코를 가까이 대어 보기도 합니다. 그렇게 꽃을 바라본 우리의 속마음은 어떨까요?

"와 예쁘다. 그리고 사랑스럽다."

오늘따라 꽃은 왜 이렇게 사람들의 마음을 설레게 하며 사랑받는 존재가 되었을까? 곰곰이 생각해 봅니다.

'꽃은 이 순간 나를 바라보고 있어 주는구나. 내가 그녀에게 시선을 맞춘 것 같지만 그녀도 시선을 피하지 않고 나를 끝까지 바라봐 주는구나, 따뜻한 시선과 환한 미소로.'

많은 분들이 사람들과의 관계가 힘들다 합니다. 그리고 사랑받고 싶은데 잘 안 된다 합니다.

그럴 땐 꽃이 가르쳐준 대로 해보면 어떨까요?

당신의 삶을 사랑하라

상대를 따뜻한 시선으로 바라봐 주기.

환한 미소로 화답해 주기.

꽃에게 배운 타인에게 사랑받는 비법을 말이죠.

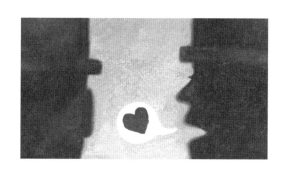

내가 그녀에게 시선을 맞춘 것 같지만

그녀도 시선을 피하지 않고 나를 끝까지 바라봐주는구나.

따뜻한 시선과 환한 미소로.

불어오는 바람에
쓰러지지 않는 방법

여름휴가로 제주도에 갔을 때입니다. 공항에서 내려 렌터카를 탔습니다. 그리 덥지 않은 날씨에 달리는 동안 차 창문을 내렸습니다.

"우와 바다 냄새 물씬나는 이곳이 제주도구나."

진한 바다 냄새가 코끝을 진동했습니다. 함께 타고 가는 지인들도 해변가를 달리는 내내 환호성을 질렀습니다.

"이야. 우와."

눈에 보이는 풍경들이 아름답기도 했고 시원한 바닷바람이 머릿결을 스칠 때 그 느낌도 좋았습니다. 얼마 가지 않아 눈앞에 보이는 바다 해변으로 가고 싶어 다들 차에서 내리길 원했습니다. 이럴 때는 어린아이나 어른이나 똑같습니다. 제주도 이야기를 하니 또 가고 싶어집니다. 그리고 제주하면 떠오르는 단어 세 가지가 있습니다. 말, 해녀, 그리고 바람.

당신의 삶을 사랑하라

특히 어딜 가든 바람이 많이 불었습니다. 어떤 곳은 경치를 보기 위해 차에서 내렸다가 바로 다시 차에 올라야 할 만큼 세차게 불어왔습니다.

경치가 좋은 바닷가 주변으로 갔더니 눈에 띄는 장면이 있었습니다. 주위에 지어져 있는 주택들이 전부 돌담으로 둘려져 있었습니다. 바로 거센 바람을 피하기 위해 만들었다는 돌담이었습니다. 그런데 가까이 가서 보니 어이가 없었습니다. 이건 뭐 거짓말 조금 보태면 제 머리가 들어갔다 나왔다 할 정도로 빈틈들이 보였습니다. 아니 여기 사람들은 이렇게 허술한 건가? 이게 무슨 바람을 막는다고?

그 상황을 우습게 바라본 저는 잠시 뒤 숙연해지고 말았습니다. 역시 모르면 가만있어야 합니다. 그러면 절반은 갑니다. 바람을 막기 위해선 빈틈이 없어야만 한다는 건 고정관념이었습니다.

오히려 태풍처럼 강한 바람이 불어 올 때 빈틈없이 막아놓은 담장들이 바람에 맞서다 장렬히 전사하게 된답니다. 설명을 듣고 나니 그 상황이 그냥 허술하게 만들어진 게 아님을 알게 되었습니다. 허술함이 아닌 선조들의 지혜이기도 했습니다.

그 빈틈들이 지금의 모습을 유지케 했구나!

살아온 제 인생을 되돌아보니 돌담과 별반 다르지 않았습니다. 마찬가지였습니다. 빈틈없이 살아가려고 할 때마다 오히려 넘어질 때가 많았습니다. 버티려고 버텨 내려고 애씀이 오히려 저를 힘들게 했습니다.

저도 한때 가지고 있었던 치명적인 병이 있었습니다. 바로 철저한 완벽주의입니다. 이젠 좀 더 지혜롭게 살아가야겠습니다. 남들에게 보이기 위한 완벽주의가 아닌 서로 소통할 수 있는 빈틈을 열어주는 사람으로 말입니다.

남들에게 보이기 위한 완벽주의가 아닌
서로 소통할 수 있는 빈틈을 열어주는 사람으로.
이젠 좀 더 지혜롭게 살아가야겠습니다.

　　　　　　　당신의 삶을 사랑하라

인생에서 상처를
만났을 때

며칠 전 아침에 눈을 떠보니 입안에서 심한 통증이 몰려 왔습니다. 도대체 무슨 일이지 하며 거울을 보니 입안에 동전만 한 상처가 보였습니다. 최근 일에 대해 집중하며 신경을 바짝 썼더니 아마도 그런 부분이 쌓이고 쌓여서 문제를 일으킨 듯했습니다.

일단 회사로 출근을 했습니다. 아침 인사를 나눈 동료가 뜨거운 커피 한 잔을 가져다줍니다. 조심스레 한 모금 마셔 봅니다. 한쪽 눈이 찡끗하며 고통이 찾아옵니다. 고객사를 찾아가 담당자와 미팅을 했습니다. 전달해야 할 이야기는 많은데 밀려오는 통증으로 더 이상 대화 불가였습니다. 하루의 시작부터 저녁 끝날 때까지 불편한 상처가 저를 지긋하게 괴롭혔습니다.

다음날 아침에도 호전되는 부분이 없었습니다. 도저히 참을 수가 없어서 병원 가서 주사를 맞고 약국에 가서 상처에 좋다는 연고며 가글이며 사재기를 했습니다.

다음날 아침 효과는? 더 심해졌습니다. 다시 약국을 찾아가 약사님께 물어보았습니다. 입안이 헐거나 상처가 났을 때 최대한 빠르게 낫게 하는 방법이 있냐고?

약사님 : "아직까지도 특별한 약은 없고 지금 사용하는 약들은 오히려 상처를 더 깊게 나게 해서 새살을 돋게 하는 원리입니다. 그런데 가장 중요한 건 아무리 좋은 약을 먹는다 해도 바로 나을 수 없습니다. 바로 회복의 시간이 필요합니다."

나 : "아… 상처에는 시간이 필요하군요."

살아가며 만나게 되는 인생의 상처도 다르지 않습니다. 내 마음속의 크게 뚫려버린 상처를 직면하는 순간 우리는 많이 힘들어합니다. 아픕니다. 힘이 듭니다. 작은 밥알 하나도 못 삼킬 만큼 힘들고 아픕니다.

그런 괴로움을 이겨내기 위해 약도 먹어보고 사람도 만나보고 혼자서 훌쩍 여행도 가며 애를 써 봅니다. 그런데 애쓴 만큼의 효과는 바로 나타나지 않음을 알게 됩니다. 자신에게 난 상처를 보며 때론 좌절도 합니다. 입안의 난 상처 하나 치유하는데 가장 중요한 게 약보다는 시간이라고 한 것처럼 인생의 상처

당신의 삶을 사랑하라

도 치유의 시간이 필요함을 인정해야 합니다. 시간이 지나가야 한다는 것이지요.

치유가 되는 동안에도 분명 힘들고 아프기도 하겠지만 며칠이 지나고 몇 날이 지나면 언제 그랬냐는 듯이 새살이 돋고 툭툭 털고 일어날 겁니다. 그게 인생 상처 치유법입니다. 지금 이 순간 상처로 인해 해결 방법을 찾고 계신다면 서두르지 마시고 자신에게 시간을 주셨으면 합니다. 이 모든 일들도 다 지나가리라 한 것처럼 시간은 흘러야 하는 겁니다.

오늘 아침 일어나 보니 몇 날 며칠을 그토록 괴롭히던 입안의 상처가 씻은 듯이 나았습니다.

이런 날은 그냥 지나치면 안 됩니다. 그런 기념으로 오늘 저녁은 제가 좋아하는 매콤한 양념 치킨으로 한마리 먹어 주겠습니다.

깊은 성찰과 사색을 통해 만난
어묵국수

서울을 가려니 한 번에 갈 수가 없었습니다. 환승을 해야 했습니다. 동대구역에 내려 보니 환승 전까지 아직 시간 여유가 있었습니다. 그냥 멍하니 있기엔 시간이 아깝다는 생각이 들었습니다. 그래서 찾아간 곳이 얼마 전 새로 생긴 듯해 보이는 어묵집이었습니다.

메뉴판을 보고 무얼 먹어볼까 한참 생각했습니다. 큰일입니다. 결정 장애가 옵니다. 마치 자장면, 짬뽕의 선택에서 고민하듯 말입니다. 그러는 사이 시간은 자꾸 흘러만 갔습니다. 결정 장애인 제가 심사숙고 끝에 최종적으로 결론을 내렸습니다. 다소 생소한 어묵국수로 결정을 했습니다. 새로운 것에 도전하는 건 항상 설렘이 감돕니다.

첫인상 점수는 70점입니다. 어린 시절 시골어머니께서 밭일 하시다가 급하게 들어오셔서 고명이나 다시물을 준비 못한 채

당신의 삶을 사랑하라

급하게 끓이신 칼국수 딱 그 느낌이었습니다.

이게 뭐지? 아무리 봐도 비주얼이 심상치 않습니다. 진한 우동 국물이나 어묵 국물이 나올 거라는 저의 얕은 지식은 무참히 날아갔습니다. 몇 번의 고개를 갸웃거리며 경건한 마음으로 그분을 제 몸과 하나 되게 받아들였습니다. 첫 만남이어서 설레긴 했지만 목을 타고 내려가는 느낌이 일단 제가 평소에 좋아하는 스타일과는 거리가 멀었습니다. 그럼 어묵으로 뽑아낸 면발은 어떨까?

한입 크게 입에 물고 먹어본 묘한 식감, 이런저런 깊은 고민 끝에 내린 결론치고는 입맛을 만족 시키지 못했습니다. 다음부터는 그냥 맛있는 어묵이나 우동 먹는 걸로 해야겠습니다.

너무 많은 생각과 고민도 결코 좋은 결과가 있으란 법은 없습니다. 경험해봐야 압니다.

왕복 8시간이
짧았다

　늦은 저녁 사무실 창밖으로 석양이 지고 있었습니다. 시간을 보니 벌써 저녁 7시 30분. 시골에서 병원 진료를 위해 오셨던 아버지를 모시고 고향에 다녀와야 했습니다. 회사 일이 늦어지는 바람에 거의 8시가 다 되어서야 출발 시동을 걸었습니다.

　평소 휴가라서 시골 갈 때는 아내와 아들까지 시끌벅적하며 다녀왔지만 오늘은 아버지와 단둘이 길을 나섰습니다. 살짝 어색했습니다.

　'3시간 넘는 시간 동안 무슨 말을 하며 갈까? 이야기는 잘 하실까? 약해진 체력으로 멀미라도 하진 않으실까?'

　많은 생각들이 뇌리를 스쳐 지나갔습니다. 팔순이 훌쩍 넘으신 나이에 급격하게 찾아온 체력 저하로 이젠 차에 혼자 타는 것조차 버거움을 느끼시는 아버지의 약해진 모습에 짠한 마음을 조심스레 감추었습니다.

　　　　　　　　　　　　　　당신의 삶을 사랑하라

자동차에 오르고 나서 옆자리에 얌전히 앉으신 아버지 모습에 묘한 감정이 가슴을 파고들었습니다. 평생을 자식 위해 살아온 죄밖에 없는데 신은 아버지에게 선물을 주셨습니다. 파킨슨병으로 진단받은 지 어언 4년. 아무리 치료를 하고 약을 먹어도 이젠 과거로 되돌릴 수 없다 합니다. 오늘도 여전히 시동 걸린 야생마마냥 오른손은 떨리고 있었습니다. 건강한 사람이라면 10초도 안 돼서 한 번에 끝내는 안전벨트 착용을 가지고 버거운 씨름을 하고 계셨습니다.

혼자 힘으로 해보시겠다고 버클에 아무리 끼워 넣으려고 애를 쓰지만 떨리는 손으로는 넘어야 할 큰 산이었습니다. 1분이 지나도 애쓰고 계신 모습이 운전을 하고 있었지만 제 시야에 들어 왔습니다. 더 이상 지켜보고 있다간 오히려 무기력해진 아비를 자식이 보고 있는 것에 자존감 떨어지실까 봐 얼른 오른손을 잡아드렸습니다.

"아버지 제가 해드리겠습니다."

그것도 힘이 드셨는지 잠시 눈을 감으셨습니다.

"아버지 시골까지 도착하려면 3시간 이상 가야 하니 두 다리 펴시고 한숨 주무셔요."

"오냐 알았다. 이 아비 신경 쓰지 마라."

투박한 대답을 하셨지만 우리 아버지 목소리였습니다. 얼마 전에는 목소리를 잃어버릴 뻔한 적이 있었기에 휴대폰 통화를 하며 목소리를 녹음해 두었습니다. 세상에 영원한 것은 없다는 걸 이제는 알기에 그렇게 하였습니다. 언젠가는 우리 곁을 홀연히 떠나실 아버지를 기억하려고 늦은 후회이지만 이렇게라도 좁은 공간에서 함께 호흡을 나누었습니다. 고속도로를 달리고 있지만 그 어느 곳보다 조용한 차 안에서 참 많은 생각을 했습니다.

'나는 아버지와의 추억이 뭐가 있을까? 나는 어떤 아들로 기억하실까? 건강하셨을 때 함께 해외여행이라도 다녀왔더라면 어땠을까? 세상에서 얼마나 성공하려고 이렇게 살아왔을까? 가족보다 소중한 게 뭐가 있었을까?'

여러 가지 생각한 질문 중에 하나가 가장 크게 마음에 걸렸습니다. 아버지와의 여행. 아버지와 단둘이 해외여행은 고사하고 국내 여행도 한번 가본 적이 없었습니다. 혹시나 하여 어린 시절부터 천천히 기억 테이프를 몇 번이고 되돌려 보지만 결과는 똑같았습니다.

자동차 앞 유리로 보이는 높은 하늘을 바라보며 몇 번이고 마음속으로 말했습니다.

'죄송합니다. 아버지.'

더 이상 깊게 생각하면 후회의 눈물이 날 것 같아 라디오 볼륨을 크게 올렸습니다.

시골에 도착하니 벌써 자정이 다 되었습니다. 젊은 아들도 피곤함을 느끼는데 연로하신 아버지는 오죽할까 생각하며 이부자리에 누우시길 권했습니다.

"오냐 알았다. 오늘 아비 태워준다고 수고했다. 고맙구나.

어서 자거라."

"네, 아버지. 먼저 주무세요."

잠자리에 드시는 아버지를 확인하고 조용히 문을 닫았습니다. 아버지도 제가 어렸을 적 잠자는 모습을 보고 미소 지으셨을 겁니다. 아버지는 제가 집에서 자는 줄 알고 계셨습니다.

그러나 다음날 출근을 해야 했기에 극도의 피곤함이 몰려오긴 했지만 다시 차에 올라 시동을 걸었습니다. 그리고 인기척 없는 캄캄한 시골길을 내달렸습니다. 돌아오는 동안 피곤한 몸보다 아버지와 소소한 추억을 만든 듯해서 뿌듯한 마음에 그저 감사했습니다. 시골집을 다녀온 왕복 8시간은 막내아들에게 준 아버지의 선물이었습니다.

"아버지 사랑합니다."

내리는 비가
보여준 재능

아침부터 하늘이 심상치 않았습니다. 어딘가 불편했는지 잔뜩 구름 낀 모습을 보이더니 이내 비가 내렸습니다. 며칠 동안 꽃가루가 아주 극성이었습니다. 큰맘 먹고 차를 세차했는데 금방 엉망이 되어 버렸습니다. 거래처를 바쁘게 다니느라 내리는 비를 피하기 바빴는데 잠시 휴식을 취하며 차창 밖을 바라보았습니다.

'그림 잘 그렸다.'

한 폭의 그림 같은 풍경이 눈에 들어옵니다. 바쁘게 뛰어다니느라 하마터면 놓칠 뻔하였습니다. 잠시 내려놓고 비가 그려준 그림을 감상하며 커피 한 잔의 여유를 가져 봅니다.

당신의 삶을 사랑하라

인생
마라톤

초등학교 운동회가 열리게 되면 꼭 기다리던 종목이 있었습니다. 바로 100미터 달리기였습니다. 저에겐 자존심이 걸린 승부였습니다.

6명씩 일렬로 서서 출발 신호에 맞추어 결승선을 향해 전력 질주를 합니다. 혹시라도 옆 친구에게 뒤처질까 봐 심장이 터질 만큼 숨이 차올라도 어금니 깨물고 뛰어갔습니다. 운이 좋게 3등 안에 들면 생고기 등급 표시하듯 손목에 보라색 도장을 꾹 찍어줍니다. 바로 공책을 받을 수 있는 쿠폰이었습니다. 3등 안에 들어간 친구들과 들지 못한 친구들의 얼굴 표정이 사뭇 달랐습니다. 초등학교 6학년 운동회 때는 마침 어머니께서 농사일을 뒤로하고 막내를 응원하러 오신 날이었습니다. 그 어떤 달리기 시합보다 떨리는 순간이었습니다. 어디서 그런 힘이 나왔는지 어금니를 깨물고 뛴 결과 1등을 하고 말았습니다.

사실 앞만 보고 가슴이 터져라 내달린 결과였습니다. 한 손에는 1등 상품인 노트 5권을 손에 들고 멀리서 아들 향해 엄지척하며 손 흔들어 주시는 어머니를 보며 달려가며 외쳤습니다.

"엄마 1등 1등 1등."

철없이 신나하는 아들을 보며 어머니도 웃어주셨지만 잠시 뒤 어머니는 저를 붙잡고 귓속말을 건네셨습니다.

"쉿! 조용! 노트 못 받은 친구들이 마음 상할 수도 있으니 나중에 집에 가서 자랑해도 된다."

"아니 왜요? 내가 열심히 해서 1등 해서 자랑하는 건데."

우리는 인생을 마라톤에 비유합니다. 짧고 굵게 인생 한방을 노리면서 앞만 보며 100미터 달리기하듯 뛰는 경기가 아닙니다. 그렇게 가슴이 터져라 뛰어보니 쉽게 지치고 말았습니다. 아직도 살아가야 할 날이 많은 것처럼 인생은 길고 긴 마라톤입니다. 어떤 경기이든지 우승을 목표로 하겠지만 특히나 마라톤은 1등도 중요하지만 완주가 주는 의미가 큰 경기입니다. 때론 본인이 원하지 않고 만나고 싶지 않은 길을 달려야 할 때도 있습니다. 하지만 완주를 위해 달릴 수 있어야 합니다. 완주라는 그 단어 두 글자만으로도 충분히 수고했다는 격려를 받아도 됩

당신의 삶을 사랑하라

니다. 대단한 삶을 살아 내었습니다. 자신에게 주어진 거리 만큼에 최선을 다해 뛴 것만으로도 박수받아 마땅합니다.

마라톤은 완주를 하면 모두에게 메달을 줍니다. 그 힘든 여정을 참아내었고 수도 없이 포기하고 싶었던 순간을 이겨 내었기 때문입니다.

이 시간을 살아가는 우리 모두는 메달을 받아 마땅한 인생 마라토너입니다. 오늘도 수고하셨습니다.

똑같은 상황
그리고 다른 해석

주말 오후 시내로 외출을 가게 되었습니다. 평소에 운전을 잘하는 아내이기에 보조석은 제가 앉아서 가기로 했습니다. 마치 퍼스트 클래스 자리처럼 의자를 뒤로 젖히고 갑니다.

오, 이런 게 회장님 놀이구나 싶었습니다. 신호가 바뀌고 속도를 내며 앞으로 잘 가는가 싶었는데 갑자기 아내는 급브레이크를 밟았습니다. 옆을 지나가던 차량이 방향 지시등을 켜지 않고 예고 없이 확 들어와 버렸습니다. 짜증이 제대로 난 아내는 평소의 온화한 성격과는 다르게 거친 말을 하고 말았습니다.

"삐××××××."

"아! 진짜. 도대체 운전을 어떻게 하는 거야."

거친 말을 쏟아낸 뒤에도 성이 덜 풀린 아내는 얼굴이 발갛게 달아오르기까지 했습니다. 쉽사리 흥분을 가라앉히지 못했습니다. 생각할수록 짜증이 난다고 했습니다. 목적지까지 가는 동안

당신의 삶을 사랑하라

그 기분은 쉽사리 풀어지지 않았습니다. 뉴스에 보면 가끔 보복 운전으로 큰 사건이 발생하는 걸 볼 수 있습니다. 그 순간 아내에게 연장이라도 있었다면 무슨 일이라도 저지를 것 같았습니다.

이런 그림은 운전을 하는 분들이라면 자주 겪게 되는 상황입니다. 평소에 그렇게 점잖기로 소문난 분들조차도 운전대를 잡으면

"ㅋㄴㅇㅎ ㅇㅎㄷㄱㅎㅋ"

쏟아내는 걸 볼 수 있습니다. 우리는 일상을 살아가며 많은 상황들을 겪게 됩니다. 그리고 그에 대한 즉각적인 반응을 보여줍니다. 그런데 그 기준이 모호합니다. 똑같은 상황이라도 자신의 해석과 감정에 따라 다르게 반응하기 때문입니다.

그 말은 자신이 해석하기 나름이란 말. 나에게 좋은 일로 받아들일 수도 있고 화가 나는 상황으로 해석할 수도 있습니다. 방금 전 이야기한 사건도 만약 상대가 진짜로 위급한 상황이었다는 걸 알게 되었다면 과연 아내가 그렇게 화를 내었을까? 그렇지 않았을 거라고 장담합니다.

그런 것처럼 우리는 어떤 상황을 판단할 때 조금 더 시간을 두고 먼 거리에서 보는 습관도 필요함을 느낍니다. 그리고 어차

피 벌어진 상황에서 내 감정을 자꾸 건드려 흥분할 필요도 없습니다. 그래봐야 본인만 손해입니다.

아무리 화를 내도 되돌아오는 건 없습니다. 이제부터는 일상의 행복한 해석으로 가득 채우고 세상을 바라보길 응원합니다.

일상을 살아가며 많은 상황들을 겪게 됩니다.
똑같은 상황이라도 자신의 해석과 감정에 따라 다르게 반응합니다.
그 말은 자신이 해석하기 나름이란 말입니다.

당신의 삶을 사랑하라

속도를 늦추어야
자세히 보입니다

많은 사람들이 길을 걸어갑니다. 무엇이 그렇게 급한 건지 종종걸음으로 빠르게 걸어갑니다. 때론 지나가는 사람들이 부딪치기도 하며 부딪칠까 요리조리 피하기도 합니다.

저도 도로변을 걸었습니다. 그러나 최대한 거북이가 되려고 노력했습니다.

한 걸음, 한 걸음.

발아래 산 지 오래된 낡은 구두를 바라보았습니다. 신발 안쪽에 흠집이 가득해 보였습니다. 그제야 알아차렸습니다. 내 걸음걸이가 잘못되어 있다는 것을 말입니다.

화려한 건물 앞을 지나며 건물에 비추어지는 제 모습에 또 한 번 놀랐습니다. 자세가 앞으로 목을 기울인 채 걷고 있었습니다. 거북목을 하고 있었습니다. 그리고 병원까지 가서 진단을 받았습니다. 목 디스크 초기였습니다. 의사선생님은 얘기 하셨습니다.

"평소 올바른 자세를 하셨어야 합니다."

그저 앞만 보며 열심히 살아온 것밖에 없었는데, 앞만 보고 열심히만 살면 되는 줄 알았는데, 때로는 걸어가는 속도를 줄여 자신의 모습을 자세히 볼 필요가 있습니다. 자신의 삶을 대하는 자세가 잘못된 건 아닌지, 앞만 바라보고 살아가며 놓치고 있는 부분은 없는지.

자신을 자세히 바라보려면 속도 줄이는 연습을 해봅니다.

당신의 삶을 사랑하라

지금 이 순간 경험하는
행복의 중요성

　요즘 만나는 사람들마다 행복에 대한 이야기를 많이 합니다. 그만큼 우리 인생에서 빠질 수 없는 단골 메뉴입니다. 그럼 어떻게 해야 그토록 간절히 바라는 행복을 경험하고 느낄 수 있을까요? 질문은 쉽지만 대답은 어렵죠.

　어린 시절 시골에서 살았습니다. 두메산골이라고 합니다. 아침잠에서 깨어 눈을 뜨고 집 앞에 나오면 정말 사면이 바다였으면 좋았겠지만 사면이 정글처럼 둘러싸인 산이었습니다. 잠을 깨기 위해 기지개 한번 크게 펴고 제 몸뚱이 반만 한 책가방을 메고 한 시간을 걸어서 초등학교를 갔습니다. 그냥 학교를 간다는 게 행복이었습니다. 그렇게 힘들게 도착한 학교지만 수업은 뒷전이고 수업 시간이면 옆자리 친구랑 선생님 몰래 책상에 홈을 파기 시작합니다. 서로의 우정을 나타내는 하트를 새기거나

TV에서 보았던 로봇을 종류별로 새겨 넣었습니다. 그러다 선생님께 걸리기라도 하면 정수리 옆 머리카락을 잡혀

"아!"

하는 괴성을 지르기도 했고 교실 뒤편에 가서 엎드려 자세로 기합을 받기도 했습니다. 지금 생각해보면 유치하고 쓸데없는 짓했다고 말할 수도 있겠지만 그 어린아이에겐 최고의 몰입을 했던 행복한 순간이었습니다.

하루에 한 번 우리를 행복 이벤트로 인도하는 종이 울렸습니다. 점심시간입니다. 종이 울리면 책상 위에 있던 교과서와 노란색 양철 도시락이 순식간에 뒤바뀌는 마술을 부렸습니다. 삼삼오오 친구들과 앞뒤로 돌아앉아 김치, 멸치, 감자 등 별 볼 일 없는 시골 반찬들이었지만 뭐가 그리도 좋은지 밥을 먹는 내내 웃음소리가 끊어지지 않았습니다. 함께 머리를 맞대고 밥 먹을 수 있는 친구들이 있음에 행복이었습니다.

우리에겐 또 하나의 달콤한 미션이 있었습니다. 10분이면 점심 식사를 끝내고 개미들처럼 창가로 모이기 시작합니다. 그리고 저마다 편한 자세를 잡기 시작합니다. 봄 햇살 가득 내리쬐는 창가에 팔 베고 누워 따스한 온기를 느끼며 눈을 감습니다. 엄마 품처럼 포근하기도 했고 부드러운 깃털로 볼을 쓰다듬어

당신의 삶을 사랑하라

주듯 간질간질한 느낌은 형용할 수 없는 평화로움을 주었습니다. 아이들에겐 최고의 호사요, 행복이었습니다.

글을 쓰는 동안 잠시였지만 그 시절로 되돌아가 보니 머릿속으로 생각하는 것만으로도 흐뭇한 미소가 저절로 지어졌습니다. 세월이 흘러 성인 된 지금 나는 무엇에 행복을 느끼며 살아가고 있는지 한 번쯤 생각해봐야겠습니다.

그 시절 그때마다 행복의 기준은 달라집니다. 그 시간에 주어진 상황에 맞게 자신이 경험할 수 있는 행복을 마음껏 누리지 못한다면 시간이 흐르고 난 뒤는 그냥 유치한 일들로 받아들여질 수도 있습니다. 마치 성인 된 지금 책상에 홈을 파야 될 것처럼 말이죠. 오늘도 자신에게 주어진 환경에서 나만이 만들어 갈 수 있는 행복에 집중했으면 합니다.

chapter 4

꽃처럼
향기로운
사람이 되자

어떻게 살아갈 것인가는
오로지 자신에게 달렸다

대학 졸업과 동시에 20년 넘게 직장 생활을 했습니다. 제조업, 산업 설비 분야, 산업 윤활유까지 기계분야에서만 줄곧 일을 했습니다. 직접 금속 가공도 해 보았고 도면도 그려봤고 용접도 해봤습니다. 그때는 허리 부러지는 줄 알았습니다. 최근엔 기술영업까지 했습니다. 그래야만 되는 줄 알았습니다.

실업계 고등학교를 졸업하고 대학은 자동차학과를 나왔기에 그 분야를 벗어나는 건 마치 차선을 벗어나는 자동차라 생각했습니다. 그저 내 팔자인가 보다 생각했습니다. 그리고 주위에서 단 한 번도 저에게 차선을 벗어나 보라고 이야기해준 사람이 없었습니다. 왜냐면 그들도 저와 다를 바 없었기 때문입니다. 그러했기에 제가 무얼 잘 하는지 무얼 좋아하는지 모르고 살았습니다. 경험이 없었기에 그런 상황에서 할 수 있는 건 가장으로서 주어진 하루에 충실했을 뿐입니다.

꽃처럼 향기로운 사람이 되자

사실 잘못된 건 아닙니다. 다만 좀 더 자신이 살아가는 의미를 찾아보자는 거지요. 그러다 우연하게 주어진 강의 무대와 마이크는 저를 미치게 만들었습니다. 오랜 시간 동안 멈추어 있던 제 심장을 폭발적으로 뛰게 했습니다. 인생 최고의 행복한 감정을 느끼게 해 주었습니다. 짜릿한 전율이 흘렀습니다.

이젠 제가 어떤 사람인지 조금씩 알아 갑니다. 그렇게 살지 못한 지난 세월을 후회하고 싶진 않습니다. 그런 과정이 있었기에 지금 시간이 더 소중하다고 느낄 수 있으니 말입니다. 대신 많은 분들께 꼭 전하고 싶은 말이 있습니다.

학교 성적으로 규정된 자신의 삶. 부모님께서 이렇게 살아가라고 해서 살아온 삶. 한 번쯤은 그게 전부일 거라 생각지만 말고 자신이 어떤 사람으로 태어났는지는 꼭 알아보라고 얘기하고 싶습니다. 그렇지 않으면 앞으로 남은 시간들도 여전히 꺼져 버린 심장으로 살아가야 할 겁니다.

진정한
아름다움이란

　사람들은 꽃을 보면 아름답다고 합니다. 그리고 할 수만 있으면 코를 가져다 대고 꽃의 향기를 맡습니다.

　"오! 향긋하다."

　꽃이 진정 사랑받는 이유는 보이는 외모보다 그 속에 담겨진 향기 때문일 겁니다. 아무리 예쁜 꽃이라도 지독한 냄새가 난다면 벌레조차도 싫어할 겁니다. 사람도 다르지 않습니다. 타인에게 사랑받기 위해서는 보이는 외모도 중요하지만 진정 다듬고 정성 들여야 할 부분은 사람 향기입니다.

　사람들과 관계를 가지다 보면 유독 끌리는 사람이 있습니다. 우리는 그들을 보고 "매력적이다"라고 이야기합니다. 그런 매력 속에는 여러 가지 이유들이 있겠지만 반드시 있어야 할 부분은 사람의 향기입니다.

　사람의 향기에는 진정성, 진실성, 배려, 나눔, 겸손, 예의, 매

너 등 많은 요소들이 만들어 나간다고 생각됩니다. 오늘부터는
사람의 향기를 뿜어내는 데 집중해야겠습니다.

사람의 향기에는 진정성, 진실성, 배려, 나눔, 겸손, 예의,
매너 등 많은 요소들이 만들어 나간다고 생각됩니다.
오늘부터는 사람의 향기를 뿜어내는 데 집중해야겠습니다.

화려한 모습이
아닐지라도

비록 부러지고 볼품없을지언정, 세상 어디에라도 쓰임을 받는다는 건 가치 있게 살고 있다는 증거입니다. 그럼에도 불구하고 방황을 했던 적이 있었습니다.

저 역시 한때 남들 눈에 인정받고 싶어 안달하며 살았던 적이 있었습니다. 자동차를 사더라도 무리는 되지만 한 등급 더 올려 사려 했습니다. 이유는 주변 사람들의 관심을 받고 싶었기 때문입니다. 새 차를 타고 출근하는 첫날은 평소와는 다르게 미소가 지어지는 출근길이 되었습니다. 주변 동료들의 시선과 탄성을 즐겼기 때문입니다. 계약 기간이 만료되어 이사를 갈 때도 "나 어디 아파트 살아."라는 말을 하고 싶었습니다. 그런 말을 하고 나면 겉으로는 아닌 척했지만 사실 속으로는 두 어깨가 으쓱했습니다.

그랬던 제가 가지고 있던 모든 걸 다 잃어보니 결코 눈에 보이

꽃처럼 향기로운 사람이 되자

는 게 영원하지 않음을 절실히 깨닫게 되었습니다. 그리고 인생이란 길고 긴 여정에서 절대적이지 않다는 걸 알게 되었습니다.

스스로가 가치를 가지고 살아가야겠습니다. 의미를 담아야겠습니다. 그리하면 주변을 크게 의식하지 않게 됩니다. 아무리 지폐를 손으로 구긴다고 해도 본연의 가치가 사라지지 않는 것처럼 말이죠. 이제는 10년 된 중고차를 타도 좋습니다.

가치 있는 일을 위해 원하는 장소까지 잘 데려다주는 존재만으로도 감사합니다. 이름 있는 대형 아파트가 아니어도 좋습니다. 사랑하는 가족들과 함께 저녁식사를 할 수 있고 지친 몸을 편히 쉴 곳이 있다는 것만으로도 감사한 마음입니다.

그렇게 살아야겠습니다. 내 삶의 주체가 되고 주인공이 되어야겠습니다. 현재 나에게 주어진 위치나 자리를 놓치지 않기 위해 애쓰기만 할 게 아니라 새로운 도전을 위한 가슴 뛰는 설렘이 되어야 하겠습니다. 자연이 위대한 건 절대적인 힘이 있어서가 아니라 있는 그대로를 받아들여서입니다. 그리고 자신에게 주어진 가치를 끝까지 남김 없이 내어놓기 때문입니다. 우리도 그렇게 살아야겠습니다.

일상의 주변이
예술 작품입니다

요즘 거래처를 다닌다고 이곳저곳 다닙니다. 물론 실적도 올리고 있습니다. 그렇게 일에 쫓겨 다니다 힘이 들 때면 잠시 휴식을 취합니다. 시원한 음료수 한 잔에 이내 모든 피로가 풀어질 듯합니다.

완벽하지 않지만 예전에 비해서는 탄산음료도 많이 줄이고 있습니다. 그리고 최근에 생긴 습관이 하나 있습니다. 평소에 그냥 지나쳤던 주변 풍경이나 자연을 좀 더 자세히 바라봅니다. 그리고 눈과 카메라에 담아 봅니다.

아름답습니다. 뭘 그리 많은 것을 얻고자 이런 것들을 모르고 살았을까 싶습니다. 신은 분명 우리에게 많은 것을 주었음에도 부족하다 여기는 건 우리의 욕심임을 알게 됩니다.

앞으로는 좀 더 느리더라도 자세히 살펴보려 합니다. 자연도 사람도 말이죠.

꽃처럼 향기로운 사람이 되자

평소에 그냥 지나쳤던 주변 풍경이나 자연을
좀 더 자세히 바라봅니다.
그리고 눈과 사진에 담아 봅니다.
신은 분명 우리에게 많은 것을 주었음에도,
부족하다 여기는 건 우리의 욕심임을 알게 됩니다.

아침 고민

"으아."

아침잠이 많은 40대 가장이 잠 깨고 싶어 애쓰는 소리입니다.

"너도 내 나이 먹어봐라. 하루가 다르다."

어른들이 하셨던 말들이 그저 남의 이야기 같았는데 아직 100세 시대에 절반도 못 살은 어린 제가 아침잠이 이렇게 많아서야 큰일입니다.

예전에 비해 체력도 떨어진 것 같고 일상에 대한 의욕도 떨어진 것 같고 뭔가 설레는 일을 또 저질러야겠습니다.

아침잠도 깰 겸해서 아파트 앞에 나갔더니 어제와는 다르게 훌쩍 커버린 수국 한 다발이 반겨줍니다. 그래서 한마디 해주었습니다.

"너는 참 부지런해서 좋겠다. 어떻게 하면 이렇게 부지런 떨며 새벽부터 곱게 화장하고 앉아 있니?"

그녀의 미모 비결은 새벽 공기를 마시며 일찍 일어나는 게 아

꽃처럼 향기로운 사람이 되자

닐까 하는 혼자 생각에 살짝 빠져 보았습니다. 안 그래도 아침 잠 때문에 고민인데 고등학생 아들이 갑자기 새벽 수영을 같이 다니자 합니다. 큰일입니다. 맥주병인데 말입니다.

아침 잠이 많은 40대 가장은 하루가 다르게
아침에 일어나기 힘들어집니다
뭔가 설레는 일을 찾아야 하겠습니다. 활짝 핀 수국처럼

줄기가 자라야
꽃이 핀다

"줄기가 자라야 꽃을 피 운다."

이 말이 가슴에 들어왔습니다. 세상엔 아무리 작은 꽃이라 할 지라도 그냥 피어나는 건 없습니다. 씨앗 하나가 싹을 틔우기까 지 자신의 틀을 깨야만 합니다.

씨앗 하나가 싹을 틔우고 바라본 세상은 온통 어둠이었을 겁 니다. 그 어린 것이 무서웠을 겁니다. 자신의 숙명이었기에 용 기를 내봅니다. 여린 새싹은 거친 숨소리를 내며 바깥세상으로 나오기 위해 무수히 많은 시련과 고통을 겪었을 겁니다. 머리를 내밀고 바라본 세상은 순간 행복만 가득할 거라고 상상했을 겁 니다.

이제부터 행복 시작 불행 끝 진짜 끝났구나 싶었을 겁니다. 모든 게 그렇게 해결된 줄 알았지만 정작 시작은 이제부터였습 니다.

목이 말랐고 현기증이 났습니다. 하루 종일 불타오르는 뜨거운 태양과 맞서야 했습니다. 주변에 고개를 숙인 채 쓰러져 있는 다른 새싹들을 보며 자신도 이쯤에서 그만둘까도 잠시 고민에 빠져 보기도 합니다. 그렇게 하루 이틀 사흘 지나고 나니 자신도 모르게 줄기는 굵어져 있었고 어지간한 바람에는 거뜬하게 버텨낸 자신을 봅니다.

그리고 하룻밤이 지났습니다. 떠오르는 일출에 눈이 부셔 아침잠을 깨어 눈을 떠보니 세상에서 본 적 없는 한 송이 꽃을 피운 자신이 사랑스럽습니다.

한 송이 꽃이 알려준 인생이란 우리를 성장시키는 건 결코 비옥한 땅이 아니라 거친 바람과 뜨거운 태양임을 알게 해주었습니다.

내려오면 된다

얼마 전 아내가 집에 들어오더니 현관에서 한마디 합니다.

"굽이 높은 힐을 하루 종일 신었더니 발이 너무 아프다."

그 이야기를 듣는 순간 아내를 위로하거나 따뜻한 물로 발을 씻겨 주어야 되는데 무슨 일이 있었는지 먼저 물어보았습니다.

아들 학교에서 주관하는 엄마들 모임에 다녀왔다 합니다. 세상 잘난 엄마들이 많이 모이는 곳이라 혹시라도 아들 기죽을까 하여 엄마가 힘을 내었습니다. 평소 잘 하지 않던 화장도 했습니다. 옷도 아들이 좋아하던 노란색 원피스로 골랐습니다. 모든 것이 완벽하다 생각이 들 때쯤 오랫동안 신발장 깊숙이 숨겨둔 굽 높은 하이힐로 힘을 주었습니다.

굽 높은 하이힐로 힘을 준 적이 있지만 엄마로서는 처음인 듯합니다. 예뻐 보이고 싶은 마음에 잘 들어가지도 않는 굽이 높은 하이힐을 신고 하루 온종일 행사장 이곳저곳을 누비고 다닌 터라 집으로 돌아오는 길에 발이 아파 몇 번이고 쉬어야 했

꽃처럼 향기로운 사람이 되자

다 합니다. 그 말을 들으며 아내의 발을 보니 퉁퉁 부어 있었습니다. 마음이 아팠습니다. 얼른 하이힐에서 내려오게 했습니다. 아내는 이내 고통에서 벗어나면서 거실 바닥에 털썩 주저앉았습니다.

"아이고 세상 편하구나." 하면서 말입니다.

살아가면서 높아지고픈 마음에 애쓰고 지켜내기 위해 지금 힘들어하고 있다면 그냥 내려오면 됩니다.

때론 낮은 곳이 더 편안함을 주기도 합니다.

하루 세 번
나를 돌아보기

어린 시절 어머니로부터 귀가 따갑도록 들었던 이야기가 있습니다.

"막내야 하루 세 번 양치질 꼭 해라. 안 그러면 치아가 다 썩는다."

그런 이야기를 들었던 저는 동네에서 소문난 청개구리였기에 실행에 옮기지 않았습니다. 사실 핑계 같지만 시골에 살면서 양치질에 대한 중요성을 알기란 어려웠습니다. 그냥 생각나면 한 번 정도 하는 수준이었습니다.

지금은 그렇지 않다는 게 중요한 거겠죠. 그런데 얼마 전 충격적인 사건이 벌어졌습니다. 월요일 아침 알람 소리에 눈을 뜨니 입안에 이물질이 느껴졌습니다.

'헉! 이게 뭐지?'

빛의 속도로 벌떡 일어나 손바닥 위에 퉤하고 뱉어 보니 오른

꽃처럼 향기로운 사람이 되자

쪽 송곳니가 그냥 툭하고 시체처럼 떨어져 나왔습니다. 살다 보니 이런 황당함도 처음 겪어봅니다. 아침잠이 덜 깬지라 세수를 하고 정신을 가다듬은 후 거울을 자세히 보니 이빨 빠진 영구 같았습니다.

큰일 났습니다. 오전에 고객들과의 미팅도 있는데 이런 모습으로 어떻게 만나야 할지 눈앞이 캄캄해졌습니다. 어이없는 해프닝에 웃기기도 했지만 마냥 있을 수만 없어서 바로 동네 치과로 달려갔습니다. 의사 선생님도 앞니 빠진 제 모습이 웃긴지 입술을 씰룩거리며 웃음을 참고 있음을 알 수 있었습니다. 그리고 이리저리 들여다보시더니 한마디 하셨습니다.

"어린 시절부터 하루 세 번 양치를 잘 하면서 꾸준히 치아를 관리하는 것이 중요합니다."

역시 원인은 충치 '엄마 말씀 안 듣고 40년 이상 잘 쓴 것만도 대단하긴 한데'라며 스스로 위로를 했습니다. 결국 어머니 말 안 듣고 소중한 치아를 잘 돌보지 않은 제 탓이었습니다. 나에게 소중한 치아라면 하루 세 번은 꼭 들여다보고 관리해야 한다는 그 말이 머릿속에 깊게 남았습니다.

우리는 꼭 무슨 일을 당하거나 혼나고 나서야 반성하게 되는 희한한 동물인가 봅니다. 그토록 소중한 치아를 하루 세 번 들여다 보아야 하듯이 내 삶을 채워가는 나의 하루 일상도 하루 세 번 들여다보는 것도 필요함을 느꼈습니다. 대부분 사람들은 이야기합니다.

"오늘 하루도 정신없이 살았어."

무얼을 위해 그렇게 정신없이 살아가는지는 모르겠지만 그러다 보면 멀쩡한 것처럼 보이던 송곳니가 뚝 하니 부러지듯 내 삶의 진정 소중한 것을 한순간에 잃어버릴 수도 있음을 알아야겠습니다. 작은 것부터 나를 들여다보기 시작하겠습니다.

무엇을 위해 정신없이 살아가는지는 모르겠지만
그러다 보면 멀쩡한 것처럼 보이는 것도 한순간에
잃어버릴 수도 있음을 알아야겠습니다.
작은 것부터 나를 들여다보기 시작하겠습니다.

꽃처럼 향기로운 사람이 되자

무엇이
먼저인가?

어릴 때부터 산은 무조건 올라야 하는 곳으로 배웠습니다. 그리고 천천히 가라고 배운 게 아니라 빠르게 오르라고 배웠습니다. 그래서 초등학교 시절 산으로 소풍을 가도 항상 선두를 빼앗기기 싫어 숨이 목까지 차오르는 데도 헐떡이며 거의 달리기를 하는 것처럼 산을 오르곤 했습니다. 그러다 보니 기억 속엔 산은 늘 땀나고 지치고 힘든 대상이었습니다.

중학교 시절 학교까지 가는 교통 편이 불편해 부모님께서 자전거를 하나 사주셨습니다. 버스로 가면 30분 거리지만 자전거를 타면 거의 50분 이상 거렸습니다. 어린 마음에 아침잠을 조금이라도 늘이기 위해 저는 평범한 길을 갈 수가 없었습니다. 산을 넘어서 가면 15분을 단축할 수가 있었습니다. 그런데 그 산을 넘는다는 게 사실 그렇게 호락호락하지 않았습니다.

산 중턱에 오르면 허벅지가 터질 듯 아파졌습니다. 더 이상

힘으로는 오를 수 없는 구간에 다 다르면 내려서 제 키보다 큰 자전거를 힘겹게 끌고 올라야 했습니다. 그렇게 낑낑거리며 산 정상에 오르면 흐르는 땀을 주체할 수 없기도 하고 후들거리는 다리에 털썩 주저앉아 한참을 산바람에 땀을 식히며 쉬고 나서야 다시 반대편으로 내리막길을 타고 내려가야 했습니다.

저는 그 이후로 산이 싫어졌습니다. 3년 동안 매일을 산 정상에 올랐던 저에게 그저 학교 가는 길에 넘어야 할 산이었고 고통의 구간일 뿐이었습니다. 그런 고정된 기억은 성인이 되어서도 항상 그랬습니다. 결코 산을 오르는 걸 즐기지 못했고 혹시라도 올라야 할 일이 생기면 거의 전투적인 등산을 했습니다.

그러던 얼마 전 처음으로 집 가까이에 있는 산 둘레 길을 걸어 보았습니다. 분명 제가 싫어하던 산이었는데 숨이 차지 않았고 주변의 나무와 경치들이 눈에 들어오기 시작했습니다.

바람소리, 새소리에도 귀를 기울여 보았습니다. 신기했습니다. 산을 싫어했던 저에게 색다른 기분을 선사해 주었습니다. 그리고 문득 드는 생각이 산이 나쁜 게 아니라 제가 즐기는 법을 몰랐다는 것을 알게 되었습니다. 어릴 때부터 제 마음과는 상관없이 빨리 올라야만 하는 대상이었고 고통만 주는 곳이었기에 그랬던 것입니다. 그동안 우린 인생의 여정을 무조건 넘어

꽃처럼 향기로운 사람이 되자

야 할 산으로만 받아 들이고 힘겹게 살아온 날들이 대부분입니다. 분명 그 속에서 소소한 즐거움과 행복의 의미를 더해서 살아왔다면 앞으로 다가올 날들이 설렘으로 가득했을 겁니다.

다시 한번 천천히 자신을 돌아보아야겠습니다. 산을 오르려고만 하는지 아니면 둘레 길처럼 천천히 산에 적응하며 즐기려 하는지, 숨이 차오르면 조금이라도 쉬어 가면 됩니다. 어깨가 무거우면 잠시 내려놓으면 됩니다. 산을 오르는 것만이 중요한 게 아니라 즐기는 게 우선임을 잊지 않아야겠습니다.

지나고 나면
그리울 거다

지금도 한 번씩 학교 운동장을 바라보면 어릴 적 뛰어놀던 옛 생각이 나곤 합니다. 코흘리개 아이들끼리 모여서 두 손이 흙손이 되고 꼬질꼬질해도 먹을 게 있으면 손으로 한번 쓰윽 닦고 맛나게도 먹었던 시절, 수업 시간 선생님 몰래 기가 막힌 타이밍에 교과서 뒤로 생 라면을 오물거리며 소리 없이 먹었던 시절이 참으로 좋았고 행복했습니다. 학교 수업 마치면 책가방은 한곳에 성을 쌓듯 모아놓고 동네 아이들끼리 삼삼오오 모여 딱지치기, 구슬치기, 말뚝박기 등 지금의 놀이공원에서는 느껴 볼 수 없는 재미를 즐기곤 했습니다. 그땐 하루가 참 짧았습니다. 꼭 그렇게 흥이 오를 때면 날은 금방 저물었습니다.

그렇게 늦은 시간까지 놀다가 집에 들어가면 예상했던 대로 어머니의 불호령이 떨어졌습니다. 그러던 어느 여름날 제대로 걸렸습니다.

꽃처럼 향기로운 사람이 되자

"이놈의 자식 아주 다리몽둥이를 분질러야지. 저녁밥도 안 먹고 어디를 그렇게 싸돌아다니노?"

"당장 가서 회초리 가지고 와."

어머니의 불호령에 변명할 타이밍도 잡지 못한 채 할 수 없이 뉘우치고 있음을 보여 드리기 위해 고개를 있는 힘껏 숙이고 얌전히 회초리를 찾기 시작했습니다. 동물도 그러하듯이 위기의 순간에 살아야 한다는 생존 본능은 저를 자극했고 큰 결단을 내리게 했습니다. 작고 부러지기 쉬운 나뭇가지를 가져다 드렸습니다. 그 어렸던 시절에도 스스로 생존을 위한 잔머리를 동원했었습니다.

"어금니 단단히 깨물어라."

말이 떨어지기 무섭게 허공을 가르는 예리한 소리와 함께 작고 힘없는 제 두 다리에 그대로 내리 꽂혔습니다.

"으악 잘못 했어요. 엄마, 다신 안 그럴게요."

이 순간 살아남기 위해서는 필사적으로 리액션이 필요했습니다.

"으~앙 다리 다리 내 다리 어엉 어엉 아파."

안 나오는 눈물 찔끔 짜내며 슬쩍 옆 눈으로 본 회초리는 벌써 두 동강이 난 것을 확인했습니다. 예상했던 진행이었습니다. 어머니도 막내의 큰 리액션과 부러진 회초리에 머쓱해진 표정이었습니다. 그만큼 세게 때리시려 한 건 아니셨는데 말이죠. 깔끔하게 상황 정리가 되어 가는 분위기였습니다. 그런데 마침 방에 계시던 형님이 시끄러운 울음소리를 듣고 밖으로 나왔습니다.

"뭔데 밖이 이렇게 시끄럽노. 막내 또 놀다가 이제 들어왔나. 지난번에도 형이 늦지 말라고 분명 얘기했을 텐데."

아 이건 분명 시나리오에 없던 상황입니다. 참고로 저의 큰형님은 저와 17살 차이입니다. 제가 초등학교 다닐 때 특수부대 출신으로 한겨울에도 찬물로 샤워하던 그런 형님이셨습니다.

우리는 살아가면서 분명 반응 즉 리액션이 필요합니다. 그러나 어린 시절 경험으로 느꼈던 교훈은 모든 사람들이 동일하게 받아들이지는 않는다는 겁니다. 그날은 저의 리액션이 더 이상 먹히지 않는 날이었습니다. 상상에 맡기겠습니다.

시간이 흘렀습니다. 거의 30년이 지난 지금 그 시절이 그립습니다. 옆에서 말리시던 어머니가 보고 싶습니다. 단 한 번도 사랑한다고 얘기도 못해 봤는데 그런 어머니가 많이 보고싶습니다.

꽃처럼 향기로운 사람이 되자

늙은 호박도
사랑이다

유난히도 많은 비가 내렸습니다. 시골에서 연세 많으신 아버지께서 안과 진료를 위해 오시기로 한 날입니다. 버스 터미널에 아버지를 모시러 갔습니다. 오랜만에 뵙는 반가운 마음에 얼른 뛰어갔지만 그 기쁨도 잠시 출구를 통해 나오시는 아버지의 모습에 마음이 덜컥 내려앉았습니다.

두 손이며 어깨에 둘러맨 봇짐을 본 순간 마음이 많이 저려왔습니다.

"세상에 세상에나."

그 먼 길을 혼자 버스를 갈아타며 오기도 벅찬 연세에 젊은이들이 들어도 팔이 아플 정도로 큰 늙은 호박 한 덩이를 노란색 보자기에 싸 가지고 오셨습니다.

"아버지, 제발 이런 거 가져오지 마세요. 동네 시장 가면 천지인데, 그냥 걸으시기도 불편하시면서, 왜 이렇게 사서 고생을 하세요."

아버지는 아들의 잔소리에 조금은 민망하신 표정이셨지만 이내 밝은 목소리로

"내 평생 농사지으며 이렇게 큰 놈은 처음이야. 기념되라고 가지고 왔지."

그 말을 하시고는 마냥 아이처럼 좋아하셨습니다. 사실 돈으로 값어치를 따져봐야 큰 금액은 아니겠지만 더 이상 아버지의 흥을 깨뜨리고 싶진 않았습니다. 아무리 연로하시고 연세 많으셔도 다 큰 막내아들에게 아직도 무엇 하나 더해주고 싶은 아들 생각하는 아버지의 마음을 배웠습니다.

그리고 사랑이란 그저 기쁜 마음으로 상대에게 주는 손짓이란 걸 말입니다.

그리움

고향을 떠나 사회생활을 하고 결혼을 한 지 벌써 20년이 다 되어 갑니다. 어린 시절 지도에 잘 표시도 안 되는 시골 중학교를 다니고 고등학교를 멀리 부산까지 가서 그때부터 군대식 기숙사 생활을 하며 일찍 독립해서 생활했었습니다.

막연했던 홀로서기에 대한 로망은 얼마 지나지 않아 깨어졌고 어린 나이에 많이 힘들었습니다. 특히나 어머니 품이 그리울 때가 많았습니다. 1년에 딱 두 번 방학 때만 고향을 갈 수가 있었고 그때 부모님을 뵐 수가 있었습니다. 그래서 항상 집에 도착하면 가장 먼저 했던 게 부모님께 큰절을 올리곤 했습니다.

"아버지 어머니 그동안 잘 계셨습니까."

그러면 아버지께선 덕담으로

"우리 막내 대견하다. 어린 나이에 먼 곳에서도 혼자 공부 잘하고 있으니 이 아버지가 든든하구나."

그 말을 들을 때면 왜 그리도 눈물이 나던지, 그렇다 보니 큰

절하고 엎드린 채로 한참 얼굴을 들지 못했습니다. 지금도 그 시절을 생각해 보면 가슴 따뜻했던 추억과 늙지 않으셨던 부모님의 모습이 떠올라 코끝이 시큰해져 옵니다.

세월의 야속함을 다시 한번 느꼈습니다. 설 명절이라서 부모님을 뵈러 시골을 찾아왔다가 바로 시골집으로 향하지 않고 요양원을 들렀습니다. 팔순이 다 되신 어머니가 7년째 누워 계시기 때문입니다.

어머니를 뵌다는 생각에도 발걸음이 가볍지만은 않았습니다. 그렇게 좋아하던 막내아들이 찾아가도 아무런 말도 못 하고 눈과 시선도 못 맞추는 모습에 가슴이 아플 뿐입니다. 예전엔 시골을 가면 버선발로 뛰쳐나와서 얼싸안고 좋아하시던 어머니셨는데 이젠 어린아이처럼 너무도 조용히 계셨습니다.

그저 가만히 바라보십니다. 나를 보는 건지 벽을 보는 건지도 모르지만 감정에 치우쳐 눈물지어서도 안 됨을 알고 있기에 힘이 들었습니다.

행여나 짧은 순간이라도 나를 알아보았을 때 슬퍼하는 자식의 모습을 보면 가슴이 찢어질 어미의 마음을 조금이나마 헤아리기에 그렇게 할 수 없었습니다.

무엇이 이끈 것일까? 오늘은 살며시 손을 잡아 주셨습니다.

꽃처럼 향기로운 사람이 되자

앙상한 뼈마디가 느껴졌지만 분명 어머니의 손임을 느낄 수 있었습니다.

피는 물보다 진하다 했던가요. 그저 그것만으로도 감사했고 고마운 순간이었습니다. 지금 가장 후회되고 가슴 아픈 게 하나 있다면 그렇게 내 아이에겐 사랑한다는 말은 수백 수천 번 했는데 정작 나를 낳아주신 어머니께 단 한 번도 사랑한다는 말을 하지 못했다는 게 죄송했습니다.

이제 용기를 내어 말하려 하니 듣지 못하심을 알기에. 그래서 오늘은 눈을 최대한 많이 맞추려고 노력했습니다. 그리고 눈으로 어머니께 열심히 외치고 왔습니다.

"어머니, 막내입니다. 그렇게 좋아해 주시던 막내아들입니다. 잘 계신 거 맞지요. 몸은 불편하셔서 예전처럼 이름 부르고 하하 호호는 못해도 이렇게 우리 곁에 계신 것만으로도 감사합니다. 저 이번에 승진도 했습니다. 신문에도 났어요. 이게 다 어머니께서 잘 키워주신 덕분입니다. 어머니도 좋으시죠. 어머니 사랑합니다."

평소 우리가 당연하다 여기고 사소하게 생각했던 수많은 것들 중에 나중에 잃어보면 그것들이 얼마나 크고 위대한지를 알게 될 것입니다.

지금 사랑한다 하십시오. 듣지 못하고 말하지 못할 때가 올 수도 있습니다.

세월의 야속함을 느낍니다.

팔순이 다 된 어머니를 볼 때마다. 가슴이 아픕니다.

평소 우리가 당연하다 여기고 생각했던 것도 시간이 지나고

잃어보면 그것들이 얼마나 크고 위대한지를 알게 될 것입니다.

꽃처럼 향기로운 사람이 되자

chapter 5

자신의 미래를
스스로
선택하자

자신이
선택하는 삶

당신 삶의 의미와 가치는 무엇입니까?

이런 의미심장한 질문을 받았을 때 고민 없이 대답할 수 있는 사람이 얼마나 될까요? 제 경험으로는 그리 많지 않았습니다. 대부분 그냥 산다고 합니다. 먹고살기 바쁘다고 합니다. 도대체 그렇게 바쁘게 살면서 하루 몇 끼나 더 먹는지 모르겠습니다. 자신의 삶에 풍족함만 바라보며 살다 보니 진정 내 삶의 풍요로움이 무엇인지 모르고 살아가고 있습니다.

눈앞에 물 한 잔이 있다고 치겠습니다. 누군가에겐 그저 평범한 물 한 잔일 수도 있지만 사막을 건너는 사람들에겐 생명을 책임지는 수십수백 배의 가치를 가지게 됩니다.

이런 물 한 잔이 식물들에게 부어주면 많은 이들에게 건강을 줄 수도 있는 존재로 성장을 합니다.

많은 사람들은 화려한 도자기처럼 살기를 꿈을 꿉니다. 그런 꿈이 잘못되었다고 얘기할 수는 없지만 만약에 내가 가진 본질이 화려한 도자기가 아닌 질그릇이었다면 어떻게 해야 할까요? 저 역시 한때는 남의 눈에 좋아만 보이는 화려함을 쫓아 다녔던 적이 있습니다. 그러나 경험을 통해 자신의 본질을 찾았습니다.

나는 화려한 도자기가 아닌 투박하지만 깊이가 있는 질그릇이었습니다. 본질을 찾고 그 역할에 집중하니 삶의 의미와 가치가 다르게 다가왔습니다.

어느 누가 감히 도자기와 질그릇의 의미와 가치를 비교할 수 있습니까? 어느 곳에서든 필요하고 쓰임을 받는 존재입니다.

우린, 모두가 필요한 존재들입니다. 지금부터라도 자신만의 본질을 찾아서 의미와 가치를 담아 살아가 보는 것이 어떨까요?

지금부터 자신만의 도자기를 빚어 보았으면 합니다. 노래도 부르고 미소도 지으며 말입니다.

자신이 그토록 원하는 모양으로 말입니다.

우동 국물
한 모금

　아침 일찍부터 서둘렀습니다. 오전에 있을 동기부여 강연이 서울에서 진행되기 때문입니다. 무대를 좋아하는 저는 강연 일정이 잡히고 나면 일주일이고 한 달이고 설렘 가득으로 기다립니다. 저에겐 선물과도 같은 이벤트입니다. 어제저녁도 사실 잠을 설쳤습니다. 어린 시절 소풍이라도 간다 치면 몇 날 며칠을 설렘으로 보내야 했는데 다 큰 어른이 되어서도 이런 증상이 있다는 건, 음 좋게 생각하렵니다.

　창원에서 오전 6시 기차를 타고 동대구역에 환승을 위해 잠시 내렸습니다. 어제 일기예보를 보니 오늘 날씨가 제법 쌀쌀하다고 하더니 제법 춥습니다. 추위를 피하기 위해 주변을 살펴보니 역내 우동집이 보입니다. 얼른 들어가 우동 한 그릇을 시켜 국물을 들이켰습니다. 지금까지 고속도로 휴게소에서 먹어본 우동과는 확연히 달랐습니다. 일단 가격이 비쌉니다. 대신 우동

　　　　　자신의 미래를 스스로 선택하자

국물 맛은 끝내줍니다. 따뜻한 국물이 입안으로 들어오니 조금 전까지 덜덜 떨리던 몸이 나른하게 풀림을 느꼈습니다. 이게 뭐라고 그렇게 춥다고 방방 뛰며 호들갑을 떨었는데 우동 국물 한 모금에 모든 게 정리되어 버렸습니다.

살아가며 자신의 인생에 대단한 이벤트를 기대하며 살아갑니다. 로또부터 시작해서 사업 성공에 이르기까지 큰 그림을 마구 그려냅니다. 그런데 그게 살다 보면 쉽사리 되지 않습니다. 오늘 느낀 게 하나 있었습니다.

'내 몸 온도 1도 올리는데 대단한 무언가가 필요한 게 아니라 우동 국물 한 모금이면 되는구나.'

우리 인생도 마찬가지 아닐까 합니다. 내 삶의 온도를 1도만 올릴 수 있는 무언가를 찾는다면 살아가는데 윤활제가 되고 풍요로워질 거라 생각됩니다.

삶의 온도 1도 올리는 일에 집중하며 살아가야 하겠습니다.

자연이
위대한 이유

사람은 시간이 지나면 변한다 합니다. 닥쳐진 상황에 따라서도 그렇고 관계에 따라서도 그렇습니다. 하지만 오늘 바라본 자연은 언제나 그 자리에서 자신들의 역할을 묵묵히 지켜내고 있었습니다.

대자연이 주는 아름다움과 위대함에 우리는 자연을 닮고 싶어 합니다. 변함없이 담아내는 편안함과 넉넉함이 언제 보아도 좋은 자연입니다.

나도 누군가에게 변함없는 한결같은 사람이고 싶습니다.

자신의 미래를 스스로 선택하자

좋은 엄마라는
말은 모순이다

　세상 모든 엄마들이 그러하듯 저희 어머니도 자식들에게 지극 정성이셨습니다. 20살의 어린 나이에 가난한 농촌에 시집와서 힘겨운 삶이 시작되었습니다. 두 아이를 낳고 나니 동갑내기 아버지에겐 나라에서 군대 영장이 날아왔습니다. 어머니와 두 아이를 남겨두고 아버지는 결국 군대를 가야 했습니다.

　3년이란 시간 동안 보릿고개를 몇 번을 넘기고 나서야 아버지는 제대하셨습니다. 군 제대를 한 아버지에게 가장 역할을 해보는 시간도 세상은 그리 쉽게 허락하지를 않았습니다. 평소 위장이 좋지 않았던 아버지는 소화가 안 되고 통증이 심해지더니 어느 날 피를 토하기까지 하셨습니다. 급성 위궤양이었습니다. 그대로 두었다간 암으로 전이될 수도 있다는 말에 결국 위의 4분의 3을 절제하는 큰 수술을 받게 됩니다.

　그 순간 가정을 이끌어 가야 하는 삶의 무게는 또다시 어머니의 것이 되었습니다.

벼농사, 밭농사, 과일 농사 등 닥치는 대로 농사를 지었습니다. 방에 누워 있는 아버지를 대신해 수확한 농산물을 시내까지 내다 파는 것도 어머니의 몫이 되었습니다. 160센티도 안 되는 작은 키에 왜소한 몸이셨던 어머니에겐 버거움 그 자체였습니다. 눈앞에 아른거리는 자식들을 모른 체할 수 없는 모성애는 결국 손수레에 바퀴가 휘청거릴 정도로 과일을 실었습니다. 그것도 모자라 못다 실은 박스는 머리에 이고 등에는 둘째를 업고 한 손에는 수레를 끌고 덜컹거리는 비포장길을 걸어서 세 시간을 갔습니다.

물론 출발은 좋은 자리를 잡기 위해 해뜨기 전에 출발을 해야 했습니다. 시장에 오는 손님들에게 직접 팔아야 한 푼이라도 더 받을 수 있다는 걸 알기에 장사 한번 해보지 않았던 어머니는 부끄럽고 창피함도 잊은 채 힘든 장사를 합니다. 새벽같이 출발해서 수레를 다 비우고 돌아올 때는 석양조차 집으로 돌아간 시간이 됩니다.

그렇게 하루 종일 하나라도 더 팔기 위해 애쓰다 보니 수레만 비운 게 아니라 자신과 함께 온 아이들의 배까지 비웠음을 알아채셨다 합니다. 무엇을 위해 그토록 모진 삶을 사셨을까 생각해

보면, 누군가의 어미라는 숙명이었습니다. 그렇게 든든한 밥 한 끼 제대로 먹지 못한 탓에 두 다리가 휘청거렸지만 집으로 돌아가야 할 시간, 주변 식당에 들어가 뜨끈한 국밥 한 그릇 드실 여유가 없이 발길을 집으로 향해야만 했습니다. 함께 간 둘째가 힘에 부쳤는지 칭얼거리며 울어대자 호떡집에 들러 팔다 남은 식은 호떡 몇 개를 종이봉투에 담아 걸어오며 어머니와 둘째의 허기진 배를 채웠었고, 그 시절 차갑게 식은 호떡을 두 시간도 넘게 아껴 먹었던 그 맛은 아직도 잊을 수 없다 하셨습니다.

그런 배고픔과 힘든 삶을 살아왔던 어머니가 자식들에게 바라는 게 있었다면 단 한 가지였습니다.

"너희들은 행복하게 살아라."

세상 어머니들에게 보답하는 길이 있다면 그건 우리가 행복하게 사는 겁니다. 행복이 무엇인지 알아가는 겁니다. 세상 좋은 엄마 나쁜 엄마는 없습니다. 그저 위대함만이 있을 뿐입니다.

엄마도
꿈이 있다

지난번 청춘 도다리 강연 무대에 70세가 넘으신 할머님께서 무대에 오르신 적이 있습니다. 그날의 강연 주제는 〈엄마도 꿈이 있다〉였습니다. 강연자가 무대에 인사도 하지 않았는데 벌써 청중들은 스크린에 보인 제목을 본 것으로도 술렁이기 시작했었습니다.

자신들의 엄마는 꿈이 있을 거라고 생각해 본 적이 없었기 때문입니다. 잠시 후 강연장 출입문을 조심히 열고 들어오시는 한 분이 계십니다. 모두가 숨죽여 기다려줍니다. 차분히 한 걸음씩 내딛고 들어오는 일흔이 넘으신 강연자는 18살 소녀처럼 수줍어하며 인사를 하십니다. 생애 처음인 무대가 당신에게도 떨리셨나 봅니다. 깊은 심호흡을 한번 하신 후 천천히 자신의 살아온 삶을 한 장의 백지에 써 내려간 글을 천천히 읽어 내려갔

자신의 미래를 스스로 선택하자

70세가 넘으신 할머님께서 무대에 오르셨습니다
주제는 〈엄마는 꿈이 있다〉였습니다.
술렁이는 관객들을 보며 엄마가 꿈이 있을 것이라는 사실을
생각하지 못한 관객들은 자식을 위해 희생한
부모님의 꿈을 생각하게 되었습니다.

습니다. 미세한 떨림 하나도 놓치지 않으려 숨죽이며 듣고 있던 청중들. 곳곳에서 미세한 흐느낌이 들려왔습니다. 어떤 여성은 자신의 감정을 억제하기 위해 주먹으로 입을 틀어막아야 했습니다. 그냥 우리들 어머니는 원래 그렇게 사는 줄 알았고 그래도 되는 줄 알았습니다.

지난 시절을 되돌아보면 그렇게도 어리석음 속에 어머니의 존재를 당연한 것으로 알고 살아왔습니다. 어린 시절 학교 마치고 집에 가면 항상 반겨주고 안아주셨고 무슨 투정을 부리던 따뜻한 밥 한 끼 꼭 챙겨 주셨습니다. 동네 가게 앞을 지나치기라도 하면 그냥 못 지나가 떼를 쓰며 땅바닥에 드러누우면 언제 준비하셨는지 아니면 어떻게 마술을 부리셨는지 한 손에 내가 좋아하는 과자 한 봉지 들고 나오시는 엄마. 여름철 뜨거운 태양 아래 밭일하시다가 아이스크림이라도 사 오면 자신은 한 입만 먹으면 된다면 한사코 제게 넘겨주시던 엄마. 그렇게 살아가는 게 그저 당연한 엄마의 삶이라 알고 살아왔습니다. 시간이 흘러 어른이 되고 한 아이의 아빠가 되어보니 그 말들은 모두 거짓이었습니다.

자신의 미래를 스스로 선택하자

학교에서 그토록 많은 것들을 배웠는데 진정 중요한 이런 것들을 가르쳐주면 안 될까요? 꼭 이렇게 가시고기처럼 철없이 어머니의 삶을 뜯어 먹고 나서야 알아야 되는 걸까요?

지금 와서 되돌아보면 어머니에 대해서 모르는 게 대부분이었습니다. 우리 어머니 꿈이 무엇이었는지 물어 본 적도 없고, 들어본 적도 없습니다. 무슨 노래를 좋아하는지도 사실 모릅니다. 이제서야 철이 들어 어머니의 이야기에 귀를 기울여 들으려 해도 아무런 말씀이 없으십니다.

지난 시절을 세상 무엇으로도 되돌릴 수 없음을 이젠 알기에 마음이 무거워짐을 느낍니다.

소신 있는
사람 관계

전주에 강연 일정이 있어서 아침부터 서둘러 이동을 해야 했습니다. 바로 전주의 핫한 토크쇼에 강연자로 초대를 받았습니다.

강연자로 가는 것도 좋지만 보고픈 분들과 만날 수 있음에 사실 더 설레고 그 시간이 기다려졌습니다. 예전엔 사람들과의 교류가 솔직히 피곤하다고 생각하던 저였습니다. 제가 생각해도 사람 참 많이 변했습니다. 왜 그렇게 사람에 대한 매력을 느끼지 못했을까요? 다시 생각해 보니 그런 매력적인 관계가 없었습니다. 바로 스스로가 원해서 만든 관계가 아니었기 때문입니다.

어떤 주어진 상황 때문에 만들어지는 관계는 의외로 서로를 피곤하게 하는 경우가 많았습니다. 그럴수록 사람에 대한 매력을 잃어가게 되었습니다.

예를 들면 취업을 하고 회사에 출근을 합니다. 그곳에서 만들어지는 관계는 원하든 원하지 않든 의무적으로 진행이 되어야

자신의 미래를 스스로 선택하자

하는 겁니다. 그렇지 않으면 업무 협조에 아주 애를 먹게 됩니다. 학교에 입학을 합니다. 역시나 그곳에서 만나게 되는 친구들도 제가 원해서 만들어진 관계라고 보긴 어렵습니다. 학교에서 정해준 반으로 배정되고 선생님이 정해준 짝을 만나게 됩니다. 그리고 함께 어울리지 못하면 왕따를 당하기에 관계 속에서 살아남기 위해 이어가는 경우가 대부분이라 생각됩니다. 이런 상황들의 연속으로 노출하게 되어 관계 속에서 피로감을 느끼게 되면 사람 관계는 다 그렇다고 결론을 내리게 됩니다. 예전에 저처럼 말이죠.

직장인의 고충도 잠시 이야기하겠습니다. 출근을 하고 오전 업무에 집중을 하며 탄력을 붙여 갈 때쯤 부서 팀장님이 팔짱을 끼고 어슬렁어슬렁 사무실을 배회하기 시작합니다. 그리고 스케줄이나 취향은 전혀 무시한 채 한마디 하십니다.

"자 오늘은 우리 팀 분위기 반전을 위해 회식이나 한번 합시다. 어때요?"

솔직히 다들 그 이야기를 들었을 때 표정을 보면 난감해 합니다.

'또 아침부터 시작이네.'

결국은 팀장님이 술 한 잔 하고 싶다는 이야기인 겁니다. 한

마디로 혼자 마시긴 뭐하고 같이 가자는 말. 여직원들은 그래도 "오늘 선약 있어요."라고 말을 하지만 다른 남자 직원들은 서로 눈치를 보기 시작합니다. 그러나 한 명이 먼저 "팀장님 저는 괜찮습니다." 하는 순간, 다들 혹시라도 찍힐까 여기저기서 이구동성으로 "오늘 시간 좋습니다."라고 이야기 합니다.

분명 아침까지만 해도 어제 마신 술이 덜 깨서 머리가 아프고 속이 울렁거린다 했고 오늘은 일찍 가서 쉬고 싶다고 했던 동료입니다. 그 순간 갑자기 팀장님이 저를 물끄러미 바라봅니다. 의사 표현을 하라는 겁니다. 저는 평소 소신 있는 사람입니다. 호흡 한번 들이마시고 크게 외쳤습니다.

"넵! 팀장님 오늘 시간 좋습니다."

눈치 보고 말 못 하는 건 똑같습니다.

자신의 미래를 스스로 선택하자

태풍도
지나가더라

태풍이 불었습니다. 다음날 아침 하늘을 보니 언제 다녀갔었지 할 정도로 하늘은 맑고 높아 보인 하루였습니다. 오전에는 침대 위에서 젖은 낙엽 놀이를 하다가 허리가 아파서 겨우 일어났습니다. 남들은 요즘 미라클 모닝이 유행이던데 저는 어렵습니다. 아무래도 늦게 자는 것이 가장 큰 이유입니다.

그렇다고 초저녁에 자려니 하고픈 게 많아서 미라클 모닝은 좀 더 구체적으로 준비를 한 후에 시작해야겠습니다.

사실 태풍이 온다는 소식에 잔뜩 긴장했었습니다. 혹시 피해라도 생기지 않을까? 그런데 다행히도 잘 지나가 주었습니다.

우리 인생에도 태풍이 불어오곤 합니다. 저 역시 생각지 못한 인생에 태풍을 맞아 본 적이 있는데 그 순간은 숨도 못 쉴 정도로 힘들었습니다. 다시 맞으라 하면 결코 쉽지 않는 선택이 될 겁니다.

지나고 나서 보니 자연에 불어오는 태풍도 많은 것들을 날려 보내곤 하지만 무조건 나쁜 것만은 아니라고 합니다. 그런 것처럼 인생에 불어오는 태풍도 그렇다는 걸 깨달았습니다. 굳은살이 생기게 하고 뻣뻣했던 목이나 어깨에 힘도 빼주고, 그렇다고 일부러 태풍과 맞서진 마시길 바랍니다. 많이 아프거든요. 이것도 다 지나가리라는 것으로 받아들이기까지 힘겨운 사투를 했기에 지금의 제가 있는 게 아닐까 합니다. 지금 힘든 상황을 겪고 계시는 분들께 꼭 해드리고 싶은 말이 있습니다.

"잘 해왔고, 잘 하고 있고, 잘하실 겁니다."

자신의 미래를 스스로 선택하자

암보다 무서운
섭섭이병

　살아가며 사람들과의 관계를 결코 무시할 수 없습니다. 오히려 관계 속에서 오는 긍정 에너지가 더 크기 때문입니다. 다만 관계 속에서 가장 유념해야 할 부분이 있다면 바로 섭섭함입니다.

　서로를 아무리 사랑하고 이해하는 사이였다고 생각해도 어느 순간 자신을 파고드는 치명적인 바이러스가 있습니다. 섭섭이 바이러스입니다.

　바이러스를 잡아서 분석해 보면 자신의 체력이 약해서도 아니고 무얼 잘못 먹어서도 아닙니다. 결론은 상대에게 바라는 자신의 마음의 크기가 커져 버린 겁니다. 분명 처음 만나서 좋아하고 사랑을 할 때는 상대에게 무얼 바라지 않습니다. 주는 것만으로도 하루하루가 행복감에 넘쳐납니다. 자신에게 찾아온 행운 같은 존재입니다.

　그러던 어느 날 자신도 모르게 상대를 향한 애정이 살짝 식어 갑니다. 무한으로 쏟아주다가 식어버린 틈을 타 자신의 마음 속에서 치명적인 독을 뿜으며 자라고 있는 바이러스. 그 눈길이 상대를 향하는 순간 관계는 한순간에 무너지게 됩니다.

"내가 너한테 해준 게 얼마인데?"

부모가 자식에게 사랑을 줄 때 바람이 없습니다. 그저 주는 것으로도 행복해합니다. 부모의 숙명이기도 하지만 분명 보람을 느끼고 자신의 존재를 느끼게 됩니다.

지금 자신이 상대에게 섭섭함을 느끼고 있다면 행위 자체에 대한 행복보다는 바라는 마음의 크기가 더 커져버린 자신을 돌아봐야 합니다. 섭섭이 바이러스에 걸리지 않도록 항상 주의하시길 바랍니다.

주인공 없는
그녀들의 수다

점심 식사를 하러 국밥집에 들렀습니다. 출입문을 열고 들어가자 에어컨 바람을 타고 날아오는 구수한 국밥 냄새가 코끝을 건드렸습니다. 배가 많이 고팠나 봅니다.

"이모 여기 국밥 한 그릇 주세요."

말이 끝나기 무섭게 흰 연기를 뿜어내는 은색 쟁반이 눈앞으로 다가왔습니다.

흰 거품을 연신 터뜨리며 자태를 뽐내는 뜨끈한 국밥이 눈앞에 차려졌습니다. 새우젓, 부추, 소금 약간, 김치 국물 조금, 모든 준비는 끝났습니다.

갓 담은 김치와 흰쌀 알갱이를 한 숟가락 떠서 입에 넣어 씹었습니다. 아삭거리며 씹히는 느낌이 좋았습니다. 그때 옆 테이블에서 소란스러운 이야기들이 들리기 시작했습니다. 접시를 깨뜨린다는 아줌마들의 수다였습니다. 분명 사람은 세 사람인데 마치

열 명처럼 소란스럽게 이야기하고 있었습니다. 동시통역하는 것도 아니고 상대의 이야기를 잠시도 기다려주지 않았습니다. 무슨 사연이 있기에 저렇게 열변을 토할까 살짝 들어보았습니다.

"우리 애 가르쳐 주시는 선생님 진짜 대단해. 아이 성적이 지난번 보다 10등이나 올라가더라고, 돈은 비싸지만 효과는 확실히 있으니 자기도 해달라고 해봐."

"지금도 과외를 세 개나 하고 있는데, 여기서 더하라고, 아이들 체력이 따라올까?"

"에이~ 괜찮아. 지금 할 수 있을 때 바짝 해야지."

옆에 있던 제일 어려 보이는 여성분도 잠시 눈치를 보더니 얼른 한배를 탔습니다.

"그래 맞다. 지금은 애들이 힘들어해도 나중을 위해 바짝 해야지."

짧은 이야기지만 그 이야기 속에 아이들의 관심이나 좋아 하는 게 무엇인지는 단 1%도 없었습니다. 씁쓸한 마음이 드니 한 술 떠 넣은 돼지국밥이 맛이 없었습니다. 한 숟가락 크게 떠서 입에 넣고 잠시나마 배고픔을 달래고 있을 때쯤 그녀들의 수다는 또 들려왔습니다. 저렇게 잠시도 안 쉬고 얘기하면서 밥은 언제 먹는 거지?

자신의 미래를 스스로 선택하자

"요즘 우리 애는 공부할 때 잠 온다고 자꾸 커피를 마시려고 하는데 어떻게 할까?"

"언니야. 아직 어린데 그런 것 주면 안 된다. 치아가 빨리 썩는다. 몸에 해로운 거다. 절대 못 먹게 해라. 카페인이 얼마나 해로운지 아나, 나중에 중독되면 어쩌려고, 그리고 간식도 딱딱한 것은 피해야 되는 것도 알지. 사각턱 된다. 공부할 때는 음료는 되도록 주지 마라. 집중하려고 하는데 화장실 자주 가야 된다 아니가."

옆에서 듣고 있으니 마치 세상을 몇 번 환생을 해봐서 인생 정답을 다 아는 분들 같았습니다.

"언니야. 우린 이제 커피 한 잔 하러 가자. 밥 먹고 나서는 카페인이 들어 가주어야 소화가 된다 아이가."

입안에 들어간 밥알이 튀어나올 뻔했습니다. 그녀들의 대화 속에는 아이들을 위한다는 명분하에 이야기를 하고 있지만 그 속에 주인공은 그저 엄마였습니다. 아이들의 취향이나 관심에 대한 고민은 전혀 없었습니다.

씁쓸한 이야기에 돼지국밥이 맛이 뚝 떨어져 버렸습니다.

완벽이라는
무게감

많은 사람들은 어떤 일을 끝내고 나면 이렇게 이야기를 합니다.

"이번 일은 계획대로 완벽했어."

TV 화면에 연예인이 나와도 똑같은 얘기를 합니다.

"저 사람은 너무 완벽해서 좋겠다."

어느 순간부터 우린 한 치의 흐트러짐이 없는 완벽을 추구하기 시작했습니다. 바로 완벽 증후군에 걸리기 시작했습니다.

저 역시 어린 시절엔 그런 생각을 했었습니다. TV 속에 나오는 예쁜 여자 연예인들은 이슬만 먹고 살 것 같은 그리고 분명 하늘에서 내려온 천사일 거야 하는 밑도 끝도 없는 맹신이 있었습니다.

그런데 어느 날 TV를 통해 충격적인 소식을 접하게 되었습니다. 유명 연예인이 스스로 세상과 이별했다는 안타까운 소식을 접하게 되었습니다.

자신의 미래를 스스로 선택하자

왜 그랬을까요? 분명 많은 사람들이 보기에 완벽하다 했습니다. 그렇게 부러워하는 완벽한 삶이라 생각했던 연예인들이나 유명 인사들이 오히려 세상을 등지는 사건사고가 더 많이 발생하는 이유는 뭘까요?

그건 바로 완벽하다 생각했던 자신이 무너지는 게 견디기 힘들었기 때문입니다. 지금껏 쌓아왔고 노력해 왔던 모든 게 사라져버린 느낌이 들었을 겁니다. 그리고 가장 무서워하는 건 바로 자신을 향한 사람들의 시선입니다.

세상에 완벽한 사람이란 있을 수 없습니다. 그리고 완벽을 추구했던 삶이 오히려 자신을 숨 막히게 했을 겁니다. 저도 예전에 완벽이란 단어에 한동안 휩싸여 살았습니다. 그게 정답이라 생각했습니다.

완벽이란 무게감에 어울리는 예화가 하나 있습니다.

두 명의 사내가 양쪽 어깨에 물 항아리를 지고 먼 길을 떠났습니다. 처음 출발할 때 항아리에 물을 가득 채워서 그런지 제법 무거워 보이고 둘 다 힘겨워 보입니다. 한참을 걷다 보니 한 명의 항아리에 물이 새고 있었습니다. 그러자 한 방울도 흘리지 않으려 애쓰며 옆에 같이 가던 사내가 한마디 합니다.

"이보게 거기 물이 새고 있네. 아깝지 않은가, 얼른 무엇으로 막아서 새고 있는 물을 막아보게."

그러자 그 말을 듣고 있던 사내는 그저 편안한 미소와 침착한 어조로 얘길 합니다.

"난 괜찮네. 내가 조금 덜 마시면 될 것이고 오히려 시간이 흐를수록 내 어깨가 가벼워져 좋을걸."

그리곤 다시 이야기를 합니다.

"이보게 내가 보기엔 자네가 오히려 안타깝게 보인다네, 그렇게 한 방울도 흘리지 않으려 애쓰니 얼마나 힘이 드는가? 자네가 지금껏 그렇게 수고스럽게 걸어온 길을 한번 되돌아보게. 그 흔한 풀 한 포기 없지 않은가? 내가 걸어온 길을 한번 보겠는가."

그 말을 듣고 있던 사내는 뒤돌아보고는 깜짝 놀라고 말았습니다. 물을 흘리며 걸어온 사내의 길에는 꽃들이 환하게 피어 있었습니다.

저 역시 예전에는 한 방울의 물도 흘리지 않으려 했던 그런 사람이었습니다. 늘 모범생이어야 했고 칭찬을 받아야 했고 빈틈이 없는 것처럼 행동해야 했습니다. 사실 빈틈이 많은데 말이죠. 지금 생각해 보면 왜 그토록 스스로를 힘들게 하며 살았나

자신의 미래를 스스로 선택하자

싶습니다. 걸어가던 길이 시간이 흘러 끝이 나면 어차피 물 항아리는 완전히 내려놓아야 합니다. 물이 가득차 있든 없든 간에 말입니다.

완벽하고 화려한 인생만을 꿈꾸어 왔던 자신들 스스로가 삶의 무게에 눌려 어깨에 피멍이 들 수도 있습니다. 물을 흘리고 안 흘리고는 본인의 선택이지만 내가 좀 손해 보고 부족한 점이 있다 해서 너무 실망하지 않아도 됩니다.

왜냐하면 어차피 완벽이란 없기 때문입니다. 저는 이제야 조금씩 꽃이 피는 것을 느끼고 있습니다. 제가 걸어가야 할 길이 끝날 때쯤엔 항아리 물을 아주 깨끗하게 비우고 내려놓을까 합니다.

인생에서 꽃 한 번 피워 보는 것도 괜찮지 않을까요?

chapter 6

당신은 이미
행복한
사람이다

고민에
빠져라

우린 행복이란 단어가 주는 좋은 느낌을 알고 있습니다. 마치 어머니란 단어만 떠올려도 가슴이 찌릿해지고 먹먹해지는 것처럼 말입니다. 그러기에 우린 행복을 꿈꾸며 살아가고 있습니다. 행복의 종류와 느낌은 다르겠지만 살아가는 사람으로서의 느낄 수 있는 특권처럼 보입니다.

행복한 삶. 그런데 오랫동안 꿈꾸어 온 것 중에 가장 잘 이루어지지 않는 게 있다면 바로 행복이란 꿈일지도 모릅니다. 왜일까요? 그 꿈을 이루기 위해 우린 많은 비용을 쓰고 세월을 보내며 고민합니다. 어떻게 하면 나의 행복을 이룰 수 있을까? 그런데 그놈이 쉽게 행복을 내어 주지 않고 쉽사리 손에 잡히지 않습니다.

그러다 지쳐가는 영혼에게 머리 아픈 고민이 되어 버리는 순간,

"내 주제에 무슨 행복 타령이고, 삼시 세끼 밥만 잘 먹고 잘

당신은 이미 행복한 사람이다

자고 잘 싸면 되지."

그렇게 잡으려 했던 고민을 놓아 버리고 살아갑니다. 그러나 그건 우리가 키우던 가축이나 동물들과 별반 차이가 없는 생각일지도 모릅니다. 조물주께서 사람을 만들 때 분명 행복이란 감정의 특별한 선물을 주었다면 반드시 누릴 줄 알아야 되지 않겠습니까?

행복을 잡을 수 있는 비결 중 하나는 바로 고민입니다. 나를 그렇게 괴롭히던 고민입니다. 다만 고민의 대상이 내가 아닌 타인입니다. 나의 배를 채우려고만 하고 편안함을 위해 하던 머리 아픈 고민이 아니라 나 아닌 다른 가족이나 친구나 타인을 위한 고민에 빠져 보시기 바랍니다.

타인의 행복을 위한 고민에 집중하는 순간 색다른 감정에 몰입하기 시작합니다. 마치 사랑하는 사람이 생겼을 때 눈만 뜨면 그 사람에게 무언가 해주고 싶고 도와주고 싶었던 설레는 마음처럼 말이죠. 나를 설레게 했던 그 고민에 빠져보면 지금껏 찾고 싶었던 진정한 행복에 대한 고민이 해결될 수 있습니다.

사람은 참 이기적인 동물입니다. 그렇기에 타고난 그 본성대로 평생 살다 보면 결국은 자신의 이기적인 본성을 바라보게 되어 행복이란 감정을 잡지 못하게 됩니다. 오늘부터 고민에 당당하게 빠져 보겠습니다. 타인의 행복을 위한 고민에 집중하는 순간 색다른 감정 몰입이 시작될 것입니다.

행복을 잡을 수 있는 비결 중 하나는 바로 고민입니다.

다만 고민의 대상이 내가 아닌 타인입니다.

타인의 행복을 위한 고민에 집중하는 순간

색다른 감정 몰입이 시작될 것입니다.

당신은 이미 행복한 사람이다

아픔 신호

결혼을 하고 3년쯤 지나서 남자아이가 태어났습니다. 세상을 다 얻은 것 같은 기쁨을 주었고 아빠라는 사명감을 선물로 준 존재였습니다. 그런 아이가 제법 시간이 흘러 의젓한 중학생이 되었습니다. 길을 걸을 때면 수시로 엄마 옆을 지나며 자기가 조금 더 큰 것 같다고 키재기를 그렇게도 해 봅니다. 그게 좋은가 봅니다. 뭔가 성장했다는 느낌이요.

그런 아들도 어릴 적에는 손에 조금만 상처가 나도 온갖 찡그린 표정을 다 지으며 울고불고 난리 법석을 떨었었습니다. 그렇게 아프다고 입으로 후후 불며 소리 지르던 아이도 엄마가 붙여주는 반창고 하나 언제 그랬냐는 듯이 울음을 그치곤 했습니다.

그때 당시 탁월한 효과가 있었던 반창고의 성분이 궁금했습니다. 정말 저 반창고에는 우리가 모르는 특수한 연고가 묻어있는 건 아닐까? 그런데 아무리 설명서를 읽고 살펴봐도 특별한 건 없었습니다.

개구쟁이였던 어린 시절 다친 경험이 많았습니다. 어머니께서 겨울철에 먹으려 지붕에 널어놓은 곶감을 몰래 훔쳐 먹다가 미끄러지며 마당에 떨어져 머리도 깨져 봤습니다. 옆집 모내기하는 날 점심 먹으려고 급하게 뛰다가 논두렁에 구르며 들고 가던 삼지창에 무릎이 찔려 점심은커녕 피 흘리며 욕만 바가지로 먹고 돌아오기도 했습니다. 동네 할머니께서 벌초하러 가지고 나간 시퍼런 낫을 보지 못한 채 얼굴에 부딪혀 큰 상처를 내기도 했습니다.

그런데 그때 기억을 더듬어보면 저는 한 번도 울지 않았다는 겁니다. 분명 고통스럽고 아팠을 건데 어린 나이에도 이를 깨물고 참았나 봅니다. 지금 생각해 보면 어리석은 행동이었습니다. 혹시라도 부모님께 다친 것으로 혼이 날까 봐 아무렇지 않은 것처럼 행동을 했었습니다. 그런데 사실 눈물이 날 만큼 많이 아팠습니다.

살아가면서 수없이 많은 종류의 아픔과 상처를 맞이하고 겪게 됩니다. 간혹 정말 이겨내기 힘든 아픔도 분명 있습니다. 그럼에도 불구하고 어린 시절 부모님께 다친 것으로 혼날까봐 숨기며 제대로 된 치료도 없이 밤새도록 끙끙거리며 앓아도 아무

당신은 이미 행복한 사람이다

일 없는 척하며 아픔을 이겨냈던 지난날이 생각납니다.

　지금 저에게 남아 있는 건 흉터뿐입니다. 세월이 흘러 다쳤던 부위를 다시 보니 아팠던 상처의 흉터가 선명히 그대로 남아 있습니다. 10년이 지나도 20년이 지나도 그대로입니다. 그때 제대로 치료를 하지 않았기 때문입니다.

　어린 아들이 요란법석을 떨며 아프다고 표현을 해서 치료를 원하고 요구했던 것처럼 우리도 아프면 아프다고 해야 되는 존재입니다. 그저 아버지란 이름으로 참고 어머니란 이름으로 희생만 하는 건 이제 그만하셔도 됩니다. 그렇게 참고 참아온 마음의 상처들은 흉터만 남길 겁니다. 아프면 아프다 하셨으면 좋겠습니다. '나에 대해서 어떻게 생각할까'라는 시선에 사로잡혀 아프지 않은 것처럼 행동하는 것만큼 어리석음도 없을 것입니다.

　어린아이들이 반창고 하나에 울음을 그치고 다시 웃을 수 있었던 건 누군가가 나의 아픔을 알아주고 공감해 주고 있다는 그 감정의 시작이 바로 반창고 안에 묻어 있던 특효약이었습니다. 이젠 자신의 마음이 아픈 신호를 보내기 시작하면 반드시 만능 반창고를 꺼내 붙여 주시기 바랍니다. 그리고 자신의 손이 닿지 않은 곳이 있다면 반창고를 붙여 줄 수 있는 사람을 곁에 꼭 두

시기 바랍니다.

아픔의 시작은 마음입니다. 오늘도 내 마음의 상처가 생겼다면 꾹 참지 마시고 꼭 반창고 하나씩 붙여주기 바랍니다.

우린 살아가면서 수없이 많은 종류의 아픔과 상처를 맞이하고
겪게 됩니다. 아프면 아프다고 해야 되는 존재입니다.
아픔의 시작은 마음입니다. 오늘도 내 마음의 상처가 생겼다면
꾹 참지 마시고 꼭 반창고 하나씩 붙여주기 바랍니다.

　　　　　　　　　　당신은 이미 행복한 사람이다

삶을 받아들이는
지혜로운 자세

무더운 여름입니다. 지구 온난화 현상으로 계속되는 폭염에 많은 사람들이 연신 부채질에 에어컨 앞을 떠나지 못하고 있습니다. 조금만 움직여도 굵은 땀방울이 이내 목을 타고 흘러내립니다. 지칠 만도 합니다. 그리고 잔뜩 찡그린 얼굴로 하늘 향해 한마디씩 합니다.

"이놈의 날씨가 미쳤나?"

하늘이 정말 미친 걸까요? 얼마 전 시골 아버지께 안부 전화를 드렸습니다. 이곳보다 더욱 강렬한 태양빛이 내리쬐는 곳이기도 하지만 그런 곳에서 농사일을 하고 계시기에 걱정되는 마음이 한가득이었습니다.

"아버지 더우시죠. 이런 날은 절대 무리하시면 안 됩니다. 그리고 저녁에 주무실 때도 꼭 에어컨 켜고 주무세요. 그나저나 너무 더워서 큰일입니다. 여기도 이렇게 더운데 아버지 연세에 견디기 너무 힘드실 것 같습니다."

전화기에 대고 한참을 걱정스러운 말투로 막내아들이 수다를 떨고 나니 아버지께선 유쾌한 말투로 한마디 하셨습니다.

"여름이 더워야지. 원래 여름이 덥다고 당연하게 받아들이면 아무렇지도 않다. 걱정 말거라. 아비는 아무렇지도 않다."

더 이상 그 어떤 걱정스러운 말도 필요가 없게 해 주었습니다.

업무적인 일을 하며 매일 많은 사람들을 만나면 열에 아홉은 찡그린 표정으로 하늘을 원망하고 날씨를 핑계 삼아 세상 넋두리를 털어 내곤 했는데 아버지의 말 한마디가 너무 강력했습니다. 핵심은 바로 긍정적인 해석이었습니다. 어차피 피할 수 없으면 받아들이고 즐기는 모습이 확실히 저보다 한 수 위였습니다.

세상을 향해 아무리 원망과 푸념을 뱉어 내어도 세상은 그대로입니다. 우린 예전부터 그 사실을 잘 알고 있습니다. 그럼에도 그렇게 이야기하는 건 아직도 우리들 마음에 긍정보다는 부정적인 감정에 집중하고 있기 때문입니다. 사실 그런 푸념들이 순간은 자신을 위로해줄지 몰라도 크게 도움이 되지는 않습니다.

여름은 언제나 하늘이 미친 것처럼 더울 겁니다. 그리고 열의 아흡은 또 원망스런 말투로 내뱉을 겁니다. 그럼 우리는 그중에 남은 한 명이 되기 위해 긍정적인 해석에 집중해 보시면 어떨까요? 부정적인 해석은 시간이 지날수록 스스로를 병들게 합니다. 그러나 긍정적인 해석은 우리의 마음을 더욱 단단히 해주고 건강하게 해 줄 것입니다. 하루의 감정을 긍정으로 잡으시길 바랍니다.

부정의 해석은 시간이 지날수록 스스로를 병들게 합니다.
그러나 긍정의 해석은 우리의 마음을 더욱 단단히 해주고
건강하게 해 줄 것입니다.
하루의 감정을 긍정으로 잡으시길 바랍니다.

내가
만들어 가는 삶

어린 시절 가장 많이 가지고 놀았던 게 있다면 블록 장난감이었습니다. 한참 아침잠이 많아서 늦잠을 잘 법도 한데 눈만 뜨면 저는 뒷방으로 달려가곤 했습니다. 그리곤 끝내 어머니가 숨겨놓은 보물 상자를 찾아내었습니다. 바로 장난감 블록 상자입니다.

어린 나이에 제법 무거웠을 무게임에도 불구하고 블록 상자를 끙끙거리며 끌고 와서는 큰방 중앙에 그대로 쏟아부어 버리곤 했습니다. 결국엔 어지럽혔다는 야단을 맞겠지만 내가 만들어 가는 블록 재미에 비하면 야단쯤은 크게 문제 되지 않았습니다. 방안 한가득 부어 놓고 시작하면 그 어떤 외부의 소리도 들리지 않았습니다. 왜냐면 그때부터는 밤새 꿈꾸던 것들을 마음껏 만들어 볼 수 있기 때문입니다.

시간이 잠시 흐르면 금방 자동차가 만들어졌습니다. 저는 입으로 "부웅부웅"거리며 실제 자동차인 것처럼 온방을 뒤집고

당신은 이미 행복한 사람이다

활보하며 즐기곤 했습니다. 그러다 다시 뚝딱거리며 만듭니다.

"부웅부웅"

이번에는 그 비싸다는 비행기를 만들고 온 방을 날아 다녔습니다. 세상 부러울 것이 없던 시간이었습니다. 잠시 그 시절을 되돌아보면 스스로가 만들고픈 작품을 만들고 놀았을 때 가장 즐거웠음을 알 수 있습니다.

그러던 어느 날 옆집 친구가 놀러 와서 같이 놀고 싶다고 했습니다. 저는 흔쾌히 아끼던 블록 상자를 내어 주었습니다. 그런데 이상하게도 친구는 얼마 지나지 않아 블록을 던져버리며 불쑥 일어났습니다.

"이거 별로 재미없어. 난 집에 가서 아빠가 사준 자동차 가지고 놀래."

그렇게 재미있었던 놀이였는데 친구는 왜 그랬을까요?

그땐 몰랐지만 지금 생각해 보면 우리가 만들어가는 인생과도 비슷하단 생각이 듭니다. 우리에게 주어진 삶의 재료는 너무도 다양합니다. 결코 같은 맛을 낼 수가 없습니다. 남들이 만들어 놓을 걸 보면 쉬워 보입니다. 부럽기도 합니다. 스스로 새로운 것을 만들려 하니 힘이 듭니다. 그렇지만 나만의 것을 만들어가는 과정은 힘들지만 즐길 수 있습니다.

본인이 얼마든지 주도적으로 원하는 삶의 방향으로 꾸준히 노력하면 가까이 갈 수 있을 텐데 그 과정이 지겹고 어렵다는 핑계로 진정 자신의 결과물을 만들어 보지 못한 채 남의 손을 거쳐 나온 완성된 장난감에 쉽게 현혹되어 버렸던 어린 시절처럼 우리도 그렇게 살아가고 있습니다.

세상이 멋있다고 하는 작품, 세상이 인정해주는 작품, 세상이 짜놓은 틀에 의해 만들어진 작품, 완성품 장난감을 가지고 놀았던 친구는 얼마 지나지 않아 또 다른 걸 사러 갔습니다. 하지만 내가 직접 원하는 모양대로 부시고 만들고를 반복하며 마음껏 즐겼던 저는 초등학교 졸업 때까지 진정 즐기며 놀았던 기억이 있습니다.

주도적인 삶이 되지 않으면 금방 싫증 날 겁니다. 사는 게 분명 재미없다고 할 겁니다. 조금만 인내를 가지고 자신의 삶을 디자인해 나가다 보면 꿈에 그리던 모양이 잡혀 나가고 눈앞에 놓인 결과물에 환호성을 지르게 될 것입니다. 화려하진 않겠지만 스스로 만들었다는 의미가 들어가기 때문입니다.

오늘은 어떤 블록으로 자신의 삶을 디자인하고 원하는 모양을 만들어 가시는지요. 그 작품의 가치는 오롯이 자신이 줄 수 있음을 잊지 말고 마음껏 자신의 삶을 만들어 가길 바랍니다.

세상이 정한 틀이 아닌 내가 만든 세상 말입니다.

이것도 내 삶의
한 조각 퍼즐이다

지금으로부터 10년 전 저는 무모한 도전을 했습니다. 만나는 사람들에겐 젊은 날의 도전이라고 멋진 포장을 해서 말을 했습니다. 그리고 어깨에 힘도 약간 들어갔었습니다. 그러나 시간이 흐를수록 저의 예상과는 다르게 180도로 비껴가기 시작했고 제대로 준비되지 않았던 사업의 결과는 불 보듯 뻔했습니다. 시작할 당시 단 1%로도 실패를 예상하지 않았기에 점점 기울어져 가는 사업체의 무게감은 저의 목을 조르기 시작했고 제 삶을 짓누르기에 충분했습니다. 태어나 처음으로 숨이 막힌다는 느낌을 겪어 보았습니다.

제 나이 또래에 비해 상당히 빠른 시기였고 인생에 있어서는 한 번도 겪어 보지 못한 핵폭탄 같은 사고였습니다. 처음엔 사무실에 사람들이 들이닥치고 집기류에 빨간 딱지가 붙는 걸 보고 무서워 덜덜 떨기만 했고 나중에 정신을 차렸을 땐 정말 먼지 하나 남기지 않고 모든 것을 인생에서 가져간 듯 했습니다.

한때 승승장구하며 잘 나간다고 느낄 땐 세상의 중심이 나 인 줄 알았는데 바닥으로 추락해보니 울타리 밖에 던져진 춥고 배고픈 외로운 아이가 되어 있었습니다. 바보 같고 어리석었던 모습에 눈물조차도 외면해버린 듯 했습니다.

세상에 홀로 남겨진 것 같은 마음에 추웠고 외로웠습니다. 얼마 전까지만 해도 풍족하던 지갑이 갑자기 얇아지니 몇 천원이 아까워 국밥집 앞을 많이도 서성였습니다. 어느 날 시린 손을 비비며 주머니 속 지갑을 꺼내보니 얇은 지갑에 들어있는 돈은 달랑 5천 원이었습니다. 신용카드도 모두 정지가 되어 할 수 있는 게 아무것도 없었습니다.

'따뜻한 돼지국밥 국물에 밥 한 그릇 말아서 배를 채울까? 아니야, 이 돈이면 어린 아들 과자를 손에 들고 집에 갈 수 있는데.'

한 시간을 가게 앞 버스정류소에서 시린 발을 구르며 배고픈 고민을 했었습니다. 국밥 한 그릇이 뭐라고 사람을 이리도 비참하게 만드는지 처음으로 춥고 배고프다를 경험했습니다. 자가용도 압류 당할까 두려워 얼른 팔아 버리고 걸어 다니다 보니 겨울철 한파로 인해 귀가 떨어져 나갈 것 같았습니다. 그해 겨울은 너무 추웠습니다. 나도 모르게 뜨거운 눈물이 흘렀습니다. 시린 하늘을 바라보며 애써 흐르는 눈물을 참아야 했습니다.

'아, 이런 것이구나.'

그동안 당연하게 누렸던 모든 것들이 얼마나 감사했음을 뼛속 깊이 느끼는 순간이었습니다.

따뜻한 밥 한 끼 먹을 수 있는 집이 있었습니다. 두 발을 쉬게 하는 자동차도 있었습니다. 매일 아침이 전쟁 같아도 출근할 직장과 퇴근길에 아이가 좋아하는 통닭 한 마리 거뜬히 사줄 수 있는 여유가 있었음에도 단 한 번도 감사한 마음으로 살아오지 않았습니다.

이 모든 걸 잃어 보니 눈물 나게 감사한 것들이 하나씩 떠오르기 시작했습니다. 그렇게 하루하루를 힘겹게 버텨내고 있을 때쯤 문득 이런 생각이 들었습니다.

'이 또한 내 삶의 일부분이라면 받아들이자. 세상일이 의미 없는 일이 하나도 없다 했으니 분명 나에게 주고자 했던 교훈이 있을 거다.'

이렇게 마음을 먹고 나니 아무리 찾아도 보이지 않던 제 삶의 퍼즐 한 조각이 눈에 들어왔습니다. 바로 꿈이었고 행복이란 단어가 들어간 퍼즐이었습니다.

당신은 이미 행복한 사람이다

지금껏 내가 어떤 조각을 찾아야 하는지도 모른 채 그냥 살아왔었습니다. 이제는 어제와 조금 다른 제 삶을 디자인하고 있습니다. 이 퍼즐을 완성하는 날 저는 웃으며 말할 겁니다.

"넘어진 게 아니야. 일어서는 법을 배운 거야."라고 말입니다.

아픔만으로 받아들인 세상에선 이 모든 상황들 나의 무모한 도전이 준 영광의 상처라고만 생각했는데, 지금은 행복이 무엇인지 꿈이 무엇인지 사람이 얼마나 소중한지 알게 해준 축복이었다고 자신합니다. 그리고 내 삶의 한조각 퍼즐을 찾았다는 것에 감사하며 살아가고 있습니다.

누구에게나 아픔이 있습니다. 피하려 하면 어쩌면 더 아플 수도 있습니다. 지금 겪는 아픔을 아픔으로만 생각지 말아야겠습니다. 나에게 주는 삶의 교훈과 가르침이 될 수 있는 지침서가 될 거라 생각하고 아직도 많이 남아 있는 우리 인생을 꿈으로 채우고 행복의 퍼즐을 맞추면서 살아가길 응원해봅니다.

행복 저축

예전부터 동네 어르신들께 살아온 인생을 물어보면 이구동성으로 하는 말이 있었습니다.

"살아온 인생이 화살처럼 빨랐다. 지나온 날들이 그저 아련한 기억뿐이다."

어릴 땐 도저히 그 말이 이해 가지 않았습니다. 왜냐하면 의욕 없이 등교한 학교에서의 하루는 너무 길게만 느껴졌기 때문입니다. 학교에 가면 자리에 앉는 순간부터 오늘 수업 언제 끝날까? 수업 시작하면 쉬는 시간 알리는 종소리만 기다렸고, 수학 시간이나 재미없는 수업이라도 시작하면 자세를 잡고 엎드려 잠을 청하곤 했습니다.

그리고 점심시간을 기다렸고 오후 마치는 수업 종을 기다렸습니다. 말 그대로 시간을 때웠습니다.

지금 생각해 보면 왜 그렇게도 많은 시간들을 무의미하고 재미없게 보냈을까 하는 아쉬움이 남습니다. 우린 가끔씩 먼 곳

당신은 이미 행복한 사람이다

으로 멋진 경치를 즐기기 위해 여행을 떠나곤 합니다. 가족들 간식부터 놀이기구까지 챙겨서 한껏 들뜬 마음으로 차에 올라 탑니다. 내비게이션에 도착지를 입력하고 거침없이 속도를 내며 달리기를 시작합니다. 처음엔 80km 좀 있으면 금방 120, 140km 그러면서 우리는 멀리 바라보이는 경치를 보며 환호성을 보내곤 합니다.

그런데 최근 이런 느낌이 들었습니다. 그렇게 멀리 보이는 멋진 풍경이란 것들은 사실 단 한 번도 내 손에 잡아 보고 만져 보지 못하는 것들이란 겁니다.

달리는 자동차의 속도를 줄이면 그제서야 숲을 이루고 있었던 꽃들부터 큰 나무까지 선명히 보이기 시작합니다. 한 번쯤은 자동차를 세우고 꽃 하나 나무 하나를 만져 보고 눈에도 담아보는 여유를 낼 때 소소하게 누릴 수 있는 행복이 있습니다. 그런 경험들이 기억에 남는 진정한 추억이 아닐까 합니다.

살아온 인생을 되돌아보았을 때 화살이 날아가는 것 같다고 하는 어르신들은 목적지만을 향해 쉼 없이 달려왔던 건 아닐까요? 앞만 보고 달리는 경주마처럼 분명 즐거움과 행복이란 단어들이 나뭇잎에 달려 있었을 텐데 말입니다.

목적지를 향한 빠른 속도로 인해 손을 뻗칠 수 없었던 건 아닐까요? 속도를 조금만 줄였다면 나무도 만져보고 꽃향기도 맡아보고 손으로도 잡아 볼 수 있는 것들이 많은 것처럼 인생의 속도도 조금만 줄이면 사랑하는 부모님, 남편과 아내 그리고 아이들과도 행복이란 감정을 느껴 볼 수 있는 것들이 많을 거라 생각됩니다. 그렇게 살아온 인생 선배들은 아마도 물음에 이렇게 대답할 겁니다.

"선배님도 인생이 화살처럼 빠르기만 하셨나요?"

"나에게 지나온 시간은 그만큼의 행복을 저축한 시간이지. 지난 온 나의 이야기가 궁금한가? 그럼 자리에 앉아보게. 지금부터 그동안 저축해둔 행복 이야기를 하나씩 꺼내 들려 줄테니 말이야."

당신은 이미 행복한 사람이다

어디에
집중할 것인가

햇살이 가득한 오후였습니다. 야외 행사가 있어서 참여하기 위해 기다리던 중 햇빛을 피할 곳도 없고 제법 오래 서 있으니 땀도 나고 다리가 아파졌습니다. 그래서 잠시 쉴 겸 쪼그려 앉아서 기다렸습니다. 흙바닥을 보고 있으니 그림을 그리고 싶어져서 이것저것 그려 보았습니다. 한석봉 같은 명필이 되어 보기도 하고 피카소 같은 유명 화가가 되어 보기도 했습니다. 그러다 잠시 고개를 옆으로 돌리던 찰나 새카맣고 초라한 모습의 작은 아이를 보게 되었습니다. 어깨를 한껏 움츠린 모습에 측은해 보이기도 했습니다.

제가 손을 내밀자 아이도 제게 손을 내밀었습니다. 말은 없었습니다. 저의 그림자였습니다. 정말 오랜만에 바라본 제 그림자였습니다. 그저 그림자일 뿐인데 마음속 아이를 보는 것 같아 마음이 좀 그랬습니다. 잠시 후 행사의 시작을 알리는 마이크

소리가 들려왔습니다.

"으쌰."

기합과 동시에 무릎을 지지대 삼아 자리에서 일어섰습니다. 엉덩이에 묻어 있던 흙도 툭툭 털었습니다. 흙바닥에 그려져 있던 명품 그림도 발로 쓱쓱 지웠습니다. 그리곤 조금 전 작고 측은하게 보였던 아이가 궁금해서 다시금 살짝 바라보았습니다.

이상한 일이 벌어져 있었습니다. 분명 조금 전까진 볼품없고 초라해 보였던 아이의 모습이 훌쩍 커 버렸고 조금 전과는 비교할 수 없을 정도로 훨씬 멋있어 보이는 모습으로 변해 있었습니다.

뭘까요? 상황이 바뀐 건 오직 제가 자리에서 툭툭 털고 일어선 것뿐이었습니다. 마치 일어난 것을 축하라도 해 주듯이 그림자는 한껏 멋을 부리고 있었습니다.

살다보면 많은 어려움과 좌절을 겪게 됩니다. 그리고 스스로 생각을 합니다.

'난 안 되는 사람이야. 다시 일어설 자신도 없어.'

자신의 작아진 모습에 몰입하다 보면 그 감정이 자신을 더욱 그렇게 붙잡게 됩니다. 걸어가다 힘들면 잠시 앉아서 쉬어도 됩니다. 그렇지만 분명한 건 나의 작아진 모습에 집중할 게 아니라 "으쌰" 한번 외치고 무릎 짚고 일어서는 순간 예전과는 다르

신은 인간을 창조하실 때 장점과 단점을 주셨습니다.

그런데 너무도 신기한 건 장점과 단점이 정확한 비율로 정해져

변할 수 없는 게 아니라 자신이 어디에 집중하느냐에 따라서

그 기울기가 달라진다는 겁니다

게 성장한 자신의 매력적인 모습을 보게 됩니다.

분명 신은 인간을 창조할 때 장점과 단점을 주셨습니다. 그런데 너무도 신기한 건 장점과 단점이 정확한 비율로 정해져 변할 수 없는 게 아니라 자신이 어디에 집중 하느냐에 따라서 그 기울기가 달라진다는 겁니다.

"오늘 하루는 어디에 집중하며 보내시겠습니까?"

당신은 이미 행복한 사람이다

언제까지
높이에만

대학 졸업 후 바로 취업에 성공하여 회사를 다녔습니다. 20년 전 신입 사원 때 입사를 하니 뭐든 다 해낼 수 있을 것 같았습니다. 철근도 씹어 먹을 만큼 의욕이 불타올랐었습니다. 이제부터 행복 시작 고생 끝이란 청사진을 그렸습니다. 그런데 그런 마음이 자꾸 무뎌지기 시작하더니 1년이 채 지나기도 전에 권태기가 시작되었습니다.

재미가 없어지기 시작했고 앞으로도 직장 생활을 40년은 더 해야 한다는 부담감이 생기기 시작했습니다. 2년 차가 되었을 때 주임으로 승진을 했습니다. 좋았습니다. 그 이후 대리가 되고 싶었고 과장이 되고 싶었고 차장, 부장, 이사, 끝이 보이지 않는 욕심이 생기기 시작했습니다. 그리고 욕심을 채워 나가기 시작했습니다. 그런데 예상했던 것과는 다르게 올라가도 그 마음이 채워지지 않았습니다. 즐겁지 않았습니다. 높이 오르면 뭔가 큰 선물이 나를 기다린다 생각했었는데 올라가도 끝은 없었습니다.

우린 하늘을 날아 보지 않았을 때는 비행기를 타고 높은 하늘을 나르면 뭔가 엄청 좋을 것 같다는 상상을 합니다. 그런데 막상 비행기를 타고 몇 천 피트를 날아도 그런 마음도 잠시 금방 사라지고 좁고 불편한 자리에 투덜거리기 시작합니다.

얼마 전 가족이 제주도 여행을 갔을 때 일입니다. 태어나 처음 타보는 비행기, 높은 하늘을 날아가는 비행기, 기대하던 아들에게 그 느낌을 물었습니다. 하지만 저의 생각과는 다르게 결론이 났습니다.

"아들, 비행기 타보니 어때?"

"에이, 별거 아니네."

얼마 전 패러글라이딩에 같이 도전했습니다. 하늘에서 내려와 다시 아들에게 물었습니다.

"아들, 오늘 패러글라이딩은 타 보니 어때?"

그 물음에 환한 미소를 지으며 엄지 척을 내 보이는 아들이었습니다.

"아빠, 지금까지의 경험한 것들 중에 최고의 선택이었어요."

당신은 이미 행복한 사람이다

잠시 생각을 해 보았습니다. 누가 봐도 비행기와는 비교가 안 되는 높이인데 왜 만족감은 500미터 높이 밖에 안 되는 패러글라이딩을 즐겼던 걸까?

그 순간 들었던 생각은 '내가 즐길 수 있는 높이가 최고다'입니다. 그게 직장이든 사업이든 인간관계이든지 이 세상 그 어떤 높이라도 스스로 즐길 수 없다면 의미가 없습니다.

언제까지 높이에만 집중할 건가요?

제가 깨달은 느낌은 '내가 즐길 수 있는 높이가 최고다'입니다.
그게 직장이든 사업이든 인간관계이든지 이 세상 그 어떤 높이라도
스스로 즐길 수 없다면 의미가 없습니다.
언제까지 높이에만 집중할 건가요?

경험의 크기

8살이 되어 초등학교에 입학하던 날. 아무것도 모른 채 엄마 손에 이끌려 처음 가본 학교 정문에 들어서며 입을 다물 수가 없었습니다. 어린 마음에 엄청난 충격을 받고 말았습니다. 여러 곳에서 모이는 아이들 숫자에도 놀랐지만 제가 진짜 놀란 건 처음 보는 엄청난 크기의 운동장이었습니다.

집 앞 마당에서 나뭇가지로 가지고 싶었던 세상을 그리던 때와는 너무도 다른 큰 세상이었습니다. 한참을 달려도 끝이 없었습니다. 그래서인지 체육시간 100미터 달리기는 달려도 달려도 결승점이 나오지 않았습니다.

땡땡땡 하는 종소리에 수업을 마치면 땅바닥에 끌리는 커다란 가방을 메고 걸었습니다. 운동장을 가로질러 학교를 빠져나오는 것조차도 어린 저에게는 반나절이나 걸리는 듯했습니다.

'이러다 오늘 집에는 갈 수 있을까.' 하는 걱정이 들기도 했습니다.

당신은 이미 행복한 사람이다

집 울타리를 나와 경험한 학교는 너무도 큰 세상이었습니다. 1학년 교실에서 밖을 나와 복도 끝을 보면 아련히 보이는 6학년 교실, 거기다가 6학년 형들은 키도 크고 덩치도 걸리버 여행에서 만난 거인들 같았습니다.

성인이 된 후 옛 기억을 되살려 보기 위해 찾아간 초등학교. 이젠 폐교가 되어 형체도 알아볼 수 없을 만큼 낡아 버렸지만 분명 그 자리엔 수 백 명의 아이들이 뛰어다녔던 우리들만의 추억 장소였습니다. 그곳을 바라보고 있으니 뭔가 모를 허전함이 느껴졌습니다. 그렇게 커다란 세상이었던 큰 운동장이 너무도 작고 초라하게만 보였습니다. 분명 그 위치 그 자리가 맞는데. 궁궐처럼 크게 보였던 학교 건물들은 부서져 버렸고 조그만 집 터 정도 되는 흔적만 남아 있었습니다. 도대체 왜 예전의 그 느낌이 아닐까?

자세히 보니 세상이 변한 건 아무것도 없었습니다. 그대로였습니다. 단지 변한 건 나 자신의 경험이 커져 버린 것이었습니다.

우린 어릴 적 손가락이 조금만 베어도 찔끔 나오는 피를 보면 대성통곡을 했었습니다. 그땐 진짜로 그렇게 아팠습니다. 그럼 지금은요?

가끔 사람들을 만나 얘기를 해 보면 항상 자기가 제일 힘들다 합니다. 그리고 아파합니다. 아프다 하면 아픈 게 맞습니다. 하지만 다르게 생각해보면 내 아픔의 경험의 크기가 그게 다였는지도 모릅니다.

요즘은 새삼 많이 느낍니다. 지금 내가 겪는 아픔이 어쩌면 내 경험의 크기가 작아서 아파하는 건 아닌지 말입니다. 지금 많이 힘들고 아프다면 더 큰 세상을 한 번만 경험해 보라고 얘기하고 싶습니다.

훗날 더 큰 경험의 여행을 다녀온 그들은 분명 지금 겪는 아픔쯤은 어느 순간 책상 위 먼지 털 듯 툭툭 털고 아무렇지 않은 듯 일어날 테니 말입니다. 세상은 변하지 않고 그대로 있습니다. 내가 변하면 모든 게 쉽게 해결될 것입니다.

열정의 온도

며칠 전 아침에 일어나서 출근 준비 중에 회사 셔츠가 보이지 않아 서랍을 열었더니 세탁 후 곱게 개어져 있었습니다. 그냥 입어도 되었지만 몇 개의 주름들이 보여 거실에 앉아서 다리미를 들고 쓱쓱 문지르기 시작했습니다. 그런데 평소 같으면 금방 다려지는 셔츠의 주름이 펴지지 않았습니다.

내가 뭘 잘못한 거지? 다리미가 고장인가? 그때 알았습니다. 전원을 꽂지 않았다는 것을, 말 그대로 헛수고를 했습니다. 전원을 제대로 꽂고 다리미의 온도를 설정하고 다시 했더니 역시 금방 칼 주름이 잡히며 저를 기분 좋게 만들어 주었습니다. 그런데 사소한 다리미질을 하며 느낀 게 한 가지 있었습니다. 나는 분명 다림질을 두 번 했는데 한 번은 아무런 효과도 없었고 한 번은 너무도 잘 된 것의 차이 그건 바로 온도였습니다.

우리 인생도 다르지 않았습니다. 다들 자기 삶이 힘들다 합니다. 그래서 그렇게 주름진 삶에서 벗어나고 싶어 합니다. 그런데 그게 뜻대로 잘되지 않습니다.

계속 다림질을 해도 주름이 펴지지 않는 것처럼 결론은 자신의 열정의 온도를 체크해 볼 필요가 있습니다. 과연 지금 내가가진 열정의 온도는 내 삶의 주름을 펼 수 있을 만큼 온도가 부족한 건 아닌지 말입니다. 혹시라도 머릿속 의욕만 있고 열정이부족한 게 느껴진다면 조금만 더 온도를 올려 보시길 권해 드립니다. 그리고 혼자 올리기 힘들다면 열정이 가득한 사람들이 모인 곳에 가면 됩니다. 그리고 그곳에서라도 자신만의 구겨진 삶의 주름을 펴 보시길 기대합니다.

당신은 이미 행복한 사람이다

당연하다 생각했지만
가장 소중한 것

살다 보면 많은 경험과 아픔을 겪게 됩니다. 아무리 크기가 작아도 아픈 건 마냥 한 가지입니다. 인생에서 있어서 우리가 느낄 수 있는 최고의 아픔을 뭘까 생각해 보면 육체의 병이나 사고로 인한 아픔도 있겠지만 제가 느끼기엔 사랑하는 사람과의 이별이 아닐까 생각됩니다.

최근 부모님께서 연로하시고 몸이 편찮으시기에 어쩌면 저에게도 그날이 곧 폭풍처럼 들이닥치겠구나 생각해보니 그저 상상만으로도 소름이 돋고 무서워집니다. 한 번도 겪어 보지 못한 아픔일 것 같습니다. 이런 현실을 어떻게 받아들여야 할까 고민해 보았습니다.

우리는 헤어짐은 무조건 슬프고 아프기만 하다고 생각합니다. 그럼 왜 그럴까 생각해보니 어쩌면 함께하는 시간 동안 쌓아놓은 추억들이 너무 없어서 그런 건 아닐까? 생각이 됩니다. 앞으로 해야지 했고 조금만 더 있다가 만들어야지 했던 우리의 모습이 너무 바보 같아서 그런 건 아닐까요?

며칠 전 어머니께서 계신 요양원에 들렀습니다. 여전히 어머니는 시선을 맞추지 못한 채 그저 허공을 바라만 보고 계셨습니다. 막내아들이 왔는데 예전처럼 버선발로 뛰어 나오지 못하셨습니다.

"아이고, 예쁜 내 새끼."

하며 얼굴을 쓰다듬어 주시지도 못하셨습니다. 그것도 참을 수 있었습니다. 그러나 가장 죄송스럽게 만드는 건 몇 년 동안 듣지 못한 어머니의 음성이 이젠 기억이 나지를 않았습니다. 그렇게 선명하던 어머니의 목소리가 떠오르지를 않았습니다. 분명 눈앞에 누워계신데 말입니다.

방송에 나오던 최신가요는 그렇게도 수백 곡 녹음을 하며 기록으로 남겨 놓았는데 정작 가장 소중한 어머니의 목소리는 담아 두지를 못했습니다.

이제는 아무리 후회를 해도 늦어버렸습니다. 많은 배웠다 생각했는데 사실은 어리석었습니다. 이렇게 후회하고 가슴 아파 할 거면서 말입니다.

저도 아빠가 되었습니다. 아이의 성장 사진을 찍었고 함께 추억을 남기려 찍은 사진들이 수백 장 나를 낳아주신 사랑하는 어머니와는 단둘이 끌어안고 찍은 사진이 하나도 없었습니다. 나는 어머니 아들이 아니었나 봅니다. 휴대폰을 꺼내 먼 곳을 바라보시는 어머니 옆에서 조용히 용서를 비는 마음으로 사진 한 장 남겨 봅니다.

"어머니 사랑합니다."

지금이다

사람들과 대화를 해 보면 대부분 과거에서 지금까지는 조금씩 변화했다고 합니다. 학생에서 직장인으로 솔로에서 커플로 사원에서 승진도 했다 합니다. 이게 진정 우리가 꿈꾸는 변화였을까요? 다시 물어봅니다. "그럼 앞으로 자신의 미래는 어떨 것 같으세요?"라는 질문에는 다들 머뭇거리며 두렵다고 할 때가 많습니다.

살펴보면 지금까지의 변화는 시간이 흐르고 세월이 흐름에 따른 환경의 변화였다면 진짜 변화는 지금부터이기 때문입니다. 환경의 변화에 따른 수동적인 태도로 이끌려 왔다면 한 번쯤 자신이 상상해왔던 모습을 주도적으로 변화해 보면 어떨까요?

"나는 절대 안 돼."가 아닌 작은 도전부터 시작된 자신의 변화를 즐길 줄 알아야겠습니다. 이순간도 변화를 꿈꾼다면 지금 무엇을 하고 있느냐가 제일 중요합니다. 늘 그래왔듯 시간과 환경에 변화에 익숙해지고 있는 건 아닌지요. 결코 그렇게만 외부

당신은 이미 행복한 사람이다

의 조건에 맞추어진 결과만 바라보다간 진정 내가 상상하고 꿈꾸어 왔던 대로 가지 않을 확률이 높습니다. 왜냐하면 삶에 있어서 가뭄도 올 것이고 한 번도 경험해 보지 못한 태풍도 올 것이기 때문입니다.

내가 원하는 모습을 만드는 데 집중해야겠습니다.

삶에 있어서 가뭄도 올 것이고
한 번도 경험해 보지 못한 태풍도 올 것이기 때문입니다.
내가 원하는 모습을 만드는 데 집중해야겠습니다.

1등
못해도 된다

얼마 전 올림픽 경기가 있었습니다. 한 사람은 올림픽 출전이 꿈이었고 한 사람은 금메달이 목표였습니다. 결과는 누가 더 행복했을까요? 등수와 상관없이 꿈을 가진 사람이 진정 더 행복했을 겁니다.

1등도 분명 중요하지만 그 선수는 앞으로도 1등을 지켜내기 위해 또 다른 싸움을 시작해야 합니다.

올림픽에 출전했던 선수들과 인터뷰하는 걸 보면 다시 4년 전으로 돌아간다면 어떻겠냐고 물어보면 다들 기겁을 합니다. 지옥 같은 시간이었다고 말합니다. 그러나 꿈을 가진 분이었다면 그 과정을 즐겼기에 질문이 끝나기 전에 바로 대답을 합니다.

"되돌아갈 수만 있다면 다시 그 감정을 느껴보고 싶습니다."

자신의 삶을 꼭 타인이 만들어 놓은 등수에 맡기지 않았으면 합니다. 그게 학교생활이던 직장이던 굳이 매기고 싶다면 스스

당신은 이미 행복한 사람이다

로 해 보는 건 어떨까 합니다. 오늘도 잘 살았다고 자신에게 금
메달을 목에 걸어 주시기 바랍니다.

1등도 분명 중요하지만 그 선수는 앞으로도 1등을 지켜내기
위해 또 다른 싸움을 시작해야 합니다.
자신의 삶을 꼭 타인이 만들어 놓은
등수에 맡기지 않았으면 합니다.

-마치는 글-

일요일 오후 오랜 친구에게서 전화 연락이 왔습니다.

"친구야. 가로수길 카페거리에서 커피 한 잔 할까?"

그렇게 만난 우리는 길모퉁이 조용한 카페를 찾았고 커피 한 잔을 시켜두고 한 잔의 커피가 다 비워질 때까지 세상 살아가는 이야기를 나누었습니다. 커피잔이 비워진 지 오래되었지만 그 이후로도 몇 시간을 수다로 그 공간을 가득 채웠습니다. 그렇게 이야기를 나눈 친구가 마지막으로 던진 한 마디는 무엇일까요?

"친구야. 나는 요즘 세상 사는 게 왜 이렇게 재미가 없지. 매일을 그냥 무의미하게 보내고 있는 것 같아."

과연 우리는 무의미한 존재일까요? 아니면 자신이 무의미하게 사는 걸까요?

저는 이 책에 담긴 이야기와 글을 쓰며 수없이 경험했습니다. 우리는 결코 무의미한 존재가 아닙니다. 다만 스스로가 의미를 만들지 않거나 찾지 않은 채 살고 있는 것뿐입니다.

일상에서 일어나는 많은 일들이 그저 우연이고 지나가는 순간으로만 생각한다면 정말 재미없는 하루를 보내는 겁니다.

그럼 지금부터 자신만의 의미를 담는 방법을 알려 드리겠습니다. 자신에게 일어나는 일들에 강제로 연결해 의미를 부여해 보면 됩니다. 그 상황에 대한 해석과 의미 부여는 경험을 직접한 본인의 몫입니다.

예를 들면 길을 가다가 넘어지는 경우가 있습니다. 평소 같으면 아픈 건 모르겠고 부끄러움에 얼른 그 자리를 피하는데만 집중을 하게 됩니다. 그리고 아픔이 조금씩 사라져 갈 때쯤 자신에게 한마디 합니다.

"에이 재수 없어. 오늘 정말 망쳤네."

과연 그럴까요? 단순하게 재수 없었던 일로 스스로가 의미를 부여한다면 당사자에겐 재수 없었던 날로 기억될 겁니다. 이렇듯 자신의 일상에 부정적인 의미를 담기 시작하면 결코 좋은 기운이 찾아올 수 없습니다.

그러나 그 상황에 의미를 다르게 담아 보면 어떨까요? 긍정적인 해석과 의미를 담아 보는 겁니다.

'길을 걸으며 나는 오늘 넘어질 거야.'라고 걷는 사람은 아무도 없습니다. 그러나 누군가는 분명 넘어집니다. 넘어졌다고 해서 계속 누워 있어서는 안 됩니다. 다시 일어나서 걸어야 합니다. 목적지가 아직 끝나지 않았기 때문입니다.

인생도 이와 다르지 않습니다. 자신의 인생길을 걸으며 '나는 넘어질 거야.'라고 걷는 사람은 아무도 없습니다. 그렇지만 우리는 인생에 있어서도 넘어집니다. 그렇지만 일어나서 다시 걸어야 합니다. 늘 그래왔던 것처럼 말입니다.

이렇게 자신의 사소한 일상 에피소드에도 메시지를 부여한다면 자신만의 이야기가 되는 것이고 일상을 바라보는 시야도 달라지게 됩니다.

　자신의 일상에서 벌어지는 에피소드를 그냥 스쳐지나듯 버리지 않았으면 합니다. 세상 모든 일들은 의미 부여를 할 수 있고 그 의미로 인해 자신의 삶의 방향도 달라질 수 있습니다. 왜냐하면 에피소드에 담는 의미가 결국은 자신의 가치관이고 삶의 방향이기에 그렇습니다.

　꿈이 있다고 말하지만 1년에 몇 번이나 되새기며 입 밖으로 내뱉어낼까요? '저는 이렇게 살아갈 겁니다.'라고 말하는 이들도 얼마나 자주 그 말을 떠올릴까요?

　꿈을 선명하게 생각하고 자신의 삶의 방향을 흐리지 않게 하는 가장 좋은 방법은 일상의 일들에 의미를 담고 메시지를 부여하는 겁니다.